I0650241

TRADUCTEUR DE LA GRANDE ARMÉE DES MISÉRABLES

LE
PASTEUR DE BLINKBONNY

SON TROUPEAU

SA FEMME ET SA SERVANTE

D'APRÈS

J. STRATHESK

1841 — 1851

PARIS

GRASSART, LIBRAIRE-ÉDITEUR

2, RUE DE LA PAIX, 2

LE PASTEUR DE BLINKBONNY

COULOMMIERS. — TYPOGR. PAUL BRODARD

TRADUCTEUR DE LA GRANDE ARMÉE DES MISÉRABLES

LE

PASTEUR DE BLINKBONNY

SON TROUPEAU

SA FEMME ET SA SERVANTE

D'APRÈS

J. STRATHESK

1841 — 1851

PARIS

GRASSART, LIBRAIRE-ÉDITEUR

2, RUE DE LA PAIX, 2

1883

LE

PASTEUR DE BLINKBONNY

I

LE PRESBYTÈRE ET SES HABITANTS

Je déteste les préambules.

Par conséquent, je vous dirai tout droit qu'habitant Blinkbonny, jolie petite ville à quelques milles d'Edimbourg, je tirais ce soir-là, 30 décembre, la sonnette du Presbytère, doigts glacés et cœur ému!

Il s'agissait de notre mariage, à mon Agnès et à moi, et de prier M. Barrie d'appeler sur notre union la bénédiction de Dieu.

Bess [1], coin du tablier relevé, entr'ouvrit la porte :

— Bien, monsieur Robert, qu'y a-t-il pour votre service ?

D'ordinaire, je causais un instant avec Bess, récoltes, jardinage, basse-cour. Que vous dirai-je?

1. Abréviation d'Elisabeth. TRAD.

était-ce l'embarras qui étrangle tout jeune homme
à cette pensée qu'il va se marier?.... je fis : *Hum!*
hum! remontai mon col de chemise, tirai mon nœud
de cravate — lequel, étant droit, se mit de travers
— et demandai brusquement :

— Monsieur Barrie peut-il me recevoir?

— S'il peut, il le fera. — répondit Bess, légèrement froissée : — Je vais y voir.

Trois minutes après, M. Barrie apparaissait, me
prenait les deux mains, me les secouait à tour de
bras, et d'un air fin :

— Heureuse année, monsieur Robert Wendall!
HEUREUSE ANNÉE!

Jamais il ne m'avait appelé *monsieur!* toujours
Robert!

— Entrez, monsieur! — reprit-il.

MONSIEUR! Encore! Donc, il se doutait de quelque chose! Me voilà interloqué, confondu, *candi*.

Et comme un individu qui se marie, et qui en est
ravi par-dessus le marché, doit tout au moins agir
en homme, je prends l'air délibéré, je commence
une série de phrases.... que je n'achève pas; M. Barrie vient à mon secours, puis se tait, pour me donner le temps de me lancer; et enfin, enfin :

— Oui! fais-je : Une fois.... je pensais.... le
Home.... le mariage....

Trois coups à la porte, Bess s'avance :

— Sir John M'Lelland attend, dans le vestibule,
que monsieur soit libre.

Sir John M'Lelland! Le plus grand propriétaire du voisinage, le membre le plus influent de la paroisse! Pas question de le laisser en panne. Je me lève :

— Demain...... demain! Au revoir, demain je reviendrai!

Et maintenant, que je vous présente les habitants du Presbytère!

Le Révérend Barrie, notre digne et très aimé pasteur, l'occupait depuis dix ans : 1830. Un an plus tard, — 1831, — il y amenait sa jeune femme, Mary Gordon, orpheline de père et de mère. Riche naguère, la famille Gordon avait vu, par suite de circonstances ignorées du public, s'effondrer la presque totalité de ses biens. Ce qui n'empêchait ni monsieur ni madame Barrie — elle trente et un ans, lui trente deux — d'être, le soir de ma visite, les plus heureux époux de la terre.

L'aménagement du logis : meubles, bibliothèque, jardin; l'achat, indispensable, de la vache, des poules, du porc, sans compter les ustensiles et les outils, n'avait guère laissé d'argent disponible. Les émoluments attachés à la Cure, payés soit en blé, soit en numéraire, ne dépassaient pas *Liv. st.* 160. N'importe, Bess aidant, on s'en tirait.

Bess — Elisabeth Cameron — de l'âge à peu près de sa maîtresse, arrivée avec elle à Blinkbonny,

probe et dévouée, était devenue presque un membre
de la famille.

Grande, robuste, yeux noirs, regard droit; on
sentait en elle une individualité.

Bess avait fait son apprentissage dans une petite
ferme, où les manières se maintenaient aussi primitives qu'étaient rudes les travaux.

— Ma'am! — s'écria-t-elle, après le premier
repas, servi à ses maîtres dans la *manse* [1] : —
Ma'am! monsieur le pasteur met-il toujours son
habit pour manger la soupe?

Honnête fille! elle n'avait jamais vu — sauf les
dimanches — dîner ses ex-patrons qu'en bras de
chemises.

Ce ne fut pas sans peine que Mrs. Barrie la forma
aux us et coutumes du monde civilisé. Mais Bess,
intelligente, d'humeur facile, prenait les observa-
tions par le bon bout, éclatait de rire à ses bévues,
remerciait de franc cœur sa maîtresse, disait : —
Je me souviendrai! et se souvenait.

Distinguer les diverses sonnettes de la maison!
il y eut de la tablature. Sitôt qu'elle entendait le
son argentin, Bess levait le nez, regardait pendre
au plafond ces cloches qu'elle avait tant vu se
se balancer au cou des brebis; débouclait sa
robe — elle en rattachait d'ordinaire le bas autour de sa ceinture — abattait les plis d'un revers

1. Presbytère.

de main, puis courait de chambre en chambre,
jusqu'à ce qu'elle eût trouvé celle d'où partait
l'appel.

Les cartes de visite! Autre affaire. — On riait
encore, à Blinkbonny, de la première rencontre de
Bess avec cet objet nouveau.

C'était le jour où sir John M'Lelland, se présentant en grande cérémonie à la porte du presbytère,
pour y offrir ses félicitations aux jeunes mariés,
tendit sa carte en murmurant :

— Monsieur et mistress Barrie, *at Home?*

Bess prend le morceau de carton, le considère,
ne comprend pas un mot aux caractères gothiques
dont il est revêtu, tourne sur ses talons, court à
Mrs. Barrie et crie :

— Ma'am! ya là un homme! Un grand-beau-
bien-mis! qui m'a donné ça!

Bess, cependant, fit de rapides progrès : intègre,
active, propre jusqu'à la minutie, mettant la main à
tout, partout égale au devoir.

D'abord dans l'étable, la basse-cour, le jardin.
Oh! c'est là que Bess se sentait chez elle, parmi ses
vaches, ses couvées, ses laitues et ses choux! Puis
dans la maison, qu'elle entretenait comme pas une.
Puis dans la *nursery* [1], qui se garnit vite d'un, deux,
trois, quatre berceaux!

1. Chambre des enfants. Trad.

James et *Maud*, les premiers-nés, vigoureux, joyeux, ne lui donnèrent pas grand'peine :

— Jamais ça ne regarde en arrière! — disait-elle.

La troisième : *Nelly* [1] — *Petit affaire fragile*, comme l'appelait Bess — exigeait des soins constants.

Maître *Lewis*, le quatrième venu, ayant pris et communiqué la scarlatine aux autres, le pauvre *Petit affaire fragile* en subit la terrible invasion.

Entre Nelly et Bess, ç'avait toujours été une tendresse infinie. Nelly ne voulait pas d'autre nom que celui ci : *Agneau de Bess!*

Chaudement enveloppée d'une moelleuse douillette, Bess, dès qu'elle avait quelques instants de loisir, prenait l'*agneau* dans ses bras, la promenait, lui montrait les arbres, les fleurs, le ciel, lui expliquait tout en son naïf langage; et, lorsque Nelly gazouillait ses réponses enfantines, Bess la serrait plus étroitement, lui donnait baisers sur baisers, lui déclarait qu'elle était son pigeon blanc, *sa sienne*, son unique Nelly, et que, quand Nelly deviendrait grande : Comme ça! elle aiderait Bess à traire *Daisy* et donnerait à manger aux poules!

Durant des heures, Nelly, installée dans le plus joli coin de la cuisine, entourée de ses jouets, tantôt causait avec Bess : — Comme un vieux patriarche!

1. Abréviation d'Helen. Trad.

— ainsi disait la brave servante; tantôt caressait à l'étouffer *Tibby*, son minet tricolore; tantôt dorlotait son poupon favori : *Bob noir*, lequel, bien que n'ayant plus ni bras, ni jambes, ni vêtement quelconque sur le corps, conservait néanmoins une tête de bois, savamment sillonnée à coups de gouge (pour représenter la chevelure crêpue du nègre), profondément imbibé de vernis couleur charbon, les lèvres marquées d'un ineffaçable trait cramoisi!

Et Bess quittait son ouvrage pour embrasser passionnément le *Petit affaire fragile* et lui chanter :

> « Les doux, les doux rivages
> De Benlomond! »

L'agonie de Bess, alors qu'elle vit son trésor en proie à la contagion, égala — j'allais mettre dépassa — les tortures du père et de la mère.

Fièvre ardente, visage embrasé d'une flamme sinistre, lui avaient bientôt fait comprendre la violence du mal. Mais elle espérait..... elle espéra contre espérance, jusqu'au moment où les soubresauts spasmodiques du pauvre faible petit corps, le regard pénétrant des yeux agrandis et fatigués, enlevèrent sa dernière illusion.

Tout s'écroula, comme d'un seul bloc. Bess allait éclater en cris; un regard sur la mère, calme, déchirée, attentive à soulager son enfant, l'âme cuirassée d'abnégation, la retint :

— Je donne un coup d'œil aux autres, je reviens!
— bégaya-t-elle.

Quittant sans bruit la chambre, glissant le long
du corridor, s'enfonçant au plus sombre réduit des
combles, Bess poussa deux ou trois sanglots,
cria : — Seigneur! Seigneur! — et redescendit
apaisée.

Dès lors, elle n'abandonna plus l'enfant. Elle
l'avait doucement enlevée aux bras de Mrs. Barrie;
elle la berçait dans les siens, s'efforçant d'alléger
quelque peu cette oppression, si désolante pour
ceux qui en comptent les efforts haletants, si haras-
sante pour la poitrine qu'elle étouffe.

Le père pleurait à l'écart.

Une heure s'écoula; pas un mot. Nelly s'était cal-
mée, Bess l'avait déposée sur son berceau; la mère,
absorbée dans sa douleur, ne voyait plus rien. Tout
à coup, Bess, qui contemplait son agneau bien-
aimé, se leva, se dirigea vers M. Barrie, lui toucha le
bras :

— Monsieur, s'il vous plaît...... sans cela, les
anges seront avant vous!

La chérie reconnut *papa*, sourit lorsqu'il pro-
nonça son nom. Une plus céleste lumière se répandit
sur son visage quand la mère, dont la voix tremblait, balbutia :

— Ma *mienne*, *unique*, mon unique Nelly!

— Unique, unique de maman — bégayèrent les
lèvres pâles. Les paupières s'abaissèrent, la petite

main qui se portait vers le cou endolori retomba ;
il n'y avait plus de *Nelly* ici-bas.

— Il y en a une là-haut ! — fit Bess, répondant à
ce cri muet du cœur, qui jaillit en face de nos
morts.

— Tendre, aimable, précieuse ! — dit le père,
d'un ferme accent ; puis se penchant sur elle : — Il
en va bien pour toi, enfant ; il en va bien pour toi !

La mère ne dit rien.

Bess avait passé un bras autour de sa maîtresse ;
elle la soutint, la conduisit lentement vers la *nursery*, l'y fit entrer, l'assit dans un fauteuil, près des
couchettes où reposaient James, Lewis, Maud, et l'y
laissa.

Quand Mrs. Barrie rentra dans la chambre mor-
tuaire, toute trace de maladie : fioles, baignoire,
désordre, avait disparu. Les fenêtres étaient ouvertes, les stores baissés ; les senteurs aromatiques
des branches de pin, des sachets de lavande, parlaient de l'éternel printemps, là-haut ; et sur le lit,
Nelly dans sa robe blanche, souriante, les clartés
du ciel au front, semblait un ange endormi pour
quelques instants aux sentiers de la terre.

— Elle est belle ! — murmura la mère. Jusqu'alors, Mrs. Barrie n'avait dit cela, ni devant ses
enfants, ni d'aucun d'eux : — *At Home !* — ajouta-t-
elle d'une voix plus basse.

Bess essaya de parler :

— Pour toujours..... — elle s'arrêta.

Après un long baiser à ce froid visage, oh! si
froid! Mrs. Barrie promena un lent regard autour
d'elle :

— Bess! — tout son corps frissonnait : — Jamais
je ne pourrai vous rendre..... je n'oublierai jamais.....

Elle en aurait dit plus; mais toutes deux fondi-
rent en larmes, se jetèrent dans les bras l'une de
l'autre, pleurèrent à fond de cœur.... et cela leur
fit du bien.

Dans le cimetière de Blinkbonny, une plaque de
marbre porte ces mots :

HELEN BARRIE

Mai 1838   —   *Trois ans.*

AVEC CHRIST — BIEN MIEUX.

Les fleurs qui entourent la tombe, c'est Bess qui
les a plantées, c'est elle qui les arrose. Non plus
avec ce pas élastique, avec cette vive allure, avec
cette chansonnette dont s'accompagnent ses travaux dans le jardin, mais d'une gravité presque
solennelle.

Jamais Bess ne s'approche de la pierre sépul-
crale sans lire à haute voix l'inscription. Depuis
quelque temps, son visage s'éclaire lorsqu'elle ar-

rive aux deux derniers mots ; et comme si elle
s'adressait à Nelly elle-même :

— Oui, petit agneau ! — fait-elle d'un accent convaincu. — Oui, le doux agneau de Bess ! Bien mieux !
Bien, BIEN, BIEN MIEUX !

A dater de cette époque, les relations entre la
servante et la maîtresse prirent un cachet plus
intime. Non que la servante oubliât une seule fois
l'humble caractère de sa position, mais la maîtresse
se souvenait, et Bess se surpassait.

Les intérêts de la famille, le bien-être de la famille, l'ouvrage de la famille ! Bess y mettait tout
son cœur, qu'elle avait chaud ; sa tête, qui était
bonne ; son bras, qui était fort ; ses doigts, qui
étaient agiles ; son entrain, le plus vif du monde ;
et son bon sens, dont elle possédait large *stock*.

Bess avait classé, d'après certaine échelle plus ou
moins mystérieuse, les divers objets confiés à sa
direction : ce nappage-ci pour les grands jours, ces
serviettes-là pour l'ordinaire, ces costumes d'enfants pour les dimanches, ces fourreaux pour la
semaine, l'assortiment de faïence pour les repas
quotidiens ; celui de porcelaine pour les *extra !*

Et les provisions : conservées, aménagées, il fallait voir ! Les restes, donnés en temps opportun aux
indigents !

Ce n'est pas Bess qui eût attendu que pommes
ou poires fussent à moitié pourries, choux à demi

rongés, reliefs de table moisis aux trois quarts,
pour demander à *mistress*, d'en fixer l'emploi! —
Ce qu'on pouvait offrir, on le mettait à part d'emblée; on le donnait dans les meilleures conditions :
frais, savoureux, le tout assaisonné de bonne
grâce.

Quant aux vêtements, ils étaient distribués en
excellent état : soigneusement lavés, et non parse-
més de taches; habilement raccommodés, et non
illustrés de trous.

Vous décrirai-je les toilettes de Bess? Elles va-
riaient suivant la saison, le travail et l'heure.

En hiver, le buste emmaillotté dans un vieux
spencer de M. Barrie; en été, dans une veste de
toile à plis flottants, jupon court et forts sabots,
Bess, sitôt le jour paru, fourrageait ses vaches, de
l'étable courait au fenil, au perchoir : rentrait, déposait son costume agreste, le secouait, le suspendait,
passait un déshabillé d'indienne bleue, accommodait
le déjeuner, le servait; vite, un ample tablier, la
jupe relevée; au jardin, sarcler, semer, cueillir; et
dans la maison, autour du fourneau, le dîner dans
les casseroles; ainsi de suite.... avec du temps de
reste, le croiriez-vous?

Lorsque venait l'après-midi des dimanches, Bess,
tout tranquillement, faisait le tour du pré, du
champ, du jardin; notait en sa mémoire les obser-
vations que lui suggérait cette revue; parfois se risquait chez les voisins, en rapportait quelque idée

nouvelle, quelque projet d'amélioration. C'était son repos.

— Vous en faites trop, Bess! — disait Mrs. Barrie : — Prenez une aide!

—'Une aide! Moi! — le plus franc rire montrait la plus belle rangée de dents blanches.

— Allez-y à loisir. Rien ne presse.

— Oh Ma'am! Y a pas une minute à perdre. Faut profiter des grands jours!

Quand c'étaient les petits :

— Oh Ma'am! Ils sont si courts!

Et Bess trottait, frottait, de la cave au grenier, tellement qu'on se mirait partout.

Rien n'égalait l'admiration qu'inspirait à Bess M. et Mrs. Barrie (le plus gracieux couple de la paroisse) sauf son respect pour leur bonté :

— Encore meilleurs que beaux! — disait-elle : — A croire la chose possible! — avait-elle soin d'ajouter, après mûre réflexion.

Si confortable était la *manse*, si bienveillant l'accueil, l'ordre si parfait, si bon le dîner, si savoureux le thé, si appétissante la crème, si doré le beurre; que visites succédaient aux visites, hôtes aux hôtes, tous et chacun s'émerveillant de la façon miraculeuse dont s'en tirait Mrs. Barrie, avec ses 165 livres sterling!

S'ils avaient entendu le soupir de lassitude, au sortir des réceptions prolongées! S'ils avaient entrevu la lumière tardive, quand, eux partis, Mrs. Barrie et Bess, aiguille aux doigts, courbées sur l'ouvrage, reprisaient, taillaient, cousaient, repassaient, afin de maintenir en état ces habits du pasteur, ces vêtements d'enfants, le simple mais élégant costume de madame : tout cet ensemble harmonieux, qui excitait d'enthousiastes étonnements !

II

Le lendemain soir me retrouva la main sur
le cordon de sonnette, au seuil du presbytère.

— C'est le pasteur que vous voulez? — fit Bess,
ton sec. Elle ne m'avait pas pardonné mon laco-
nisme de la veille. J'eus beau lui adresser mon sou
rire le plus avenant, Bess, raide et muette, m'introduisit dans le cabinet du ministre, sans m'accorder
un regard.

Nos premières salutations échangées, le même
embarras, celui qui m'avait si complètement pétrifié le soir précédent, me saute au gosier! Je
m'agite sur ma chaise, je tourne et retourne mon
chapeau, j'ôte un gant, je le fourre dans ma poche,
je l'en tire — cela aurait pu durer longtemps.

— Quel jour avez-vous fixé? — demande tout à
coup M. Barrie, d'un accent cordial. Excellent
homme!

— Le dernier mardi de janvier. Agnès préfère....
sa mère désire.... si cela ne vous dérange pas....

— Je m'arrangerai pour que cela *m'arrange!* —
fait M. Barrie, notant la date sur son carnet.

Puis, il se met à me parler de Greenknove, la
ville voisine qu'habite ma fiancée; de feu M. Stewart, son père, qu'il avait connu, respecté, dont il
avait reçu maints encouragements; de Mrs. Stewart, la mère chérie d'Agnès, si bonne pour lui,
lors de son installation dans la paroisse; de miss
Stewart, ma bien-aimée, de sa tendresse pour le
défunt, des soins qu'elle lui avait prodigués, de
sa beauté, de son charme; de moi-même : ici la
modestie me contraint au silence; enfin, de notre
mariage!

— Que Dieu vous bénisse tous deux! s'écria le
digne pasteur. Qu'il fasse de votre union une grâce
pour vous, pour vos familles, pour la paroisse!
Une éternelle lumière, un éternel bonheur!

Trop ému pour répondre autrement que par
une silencieuse étreinte, je me disposais à prendre
congé.

— Non, non, Robert! Vous allez rester, au contraire! goûter à nos beurrées, le chef-d'œuvre de
Bess! recevoir les félicitations de ma femme.... et
aussi quelques conseils! — ajouta-t-il, clignant de
l'œil.

Ce disant, il se leva, prit le chemin du salon et
m'introduisit en ces termes :

— Mary, je vous présente un objet d'intérêt *composé!*

Mrs. Barrie, sa tête aristocratique inclinée sur une chaussette, en relevait les mailles; elle me regarda :

— Composé?... — elle sourit : — de deux moitiés?

La rougeur embrasait mon visage.

— Monsieur Wendall, si le Seigneur vous accorde ce qu'il nous a donné (et il vous l'accordera, je le sais), vous serez le plus heureux des hommes!

Elle se pencha vers la berceuse, à ses pieds, la balança légèrement du bout de sa pantoufle, dit :

— Je vais mettre un baiser sur la joue de mes oisillons! — et disparut pour quelques instants.

Tandis qu'elle complotait avec Bess l'adjonction d'un plat d'œufs brouillés aux fameuses beurrées; tandis que James, grands yeux ouverts dans sa couchette, esquissait à maman, d'une voix troublée, le plan de la plus belle paire de patins, tirée de la plus vieille paire de sabots qui jamais eût chaussé Bess; tandis que maman apaisait le garçonnet, au moyen de cette grande nouvelle : — M. Wendall est en bas, je lui demanderai le prix de patins tout neufs! à condition que James dormira tout de suite, sans y plus penser! — M. Barrie s'entretenait avec moi de notre avenir.

J'avais acquis, non loin du village, un nid dans les fleurs : *Knove Park*. L'emplette m'obligeait à quelque prudence.

— On prétend, s'écria M. Barrie, que le ménage d'un célibataire coûte moins que le ménage d'un homme marié! J'affirme le contraire. Mariez-vous, jeunes gens! ne fût-ce que par économie. Voulez-vous une maison bien tenue, à peu de frais? mariez-vous. Aimez-vous l'ordre, sur vous, autour de vous; fraîcheur en été, chaleur en hiver, linge propre dans l'armoire, argent dans la caisse, joie dans le cœur? mariez-vous. — Puis, baissant la voix : — *Et assurez votre vie,* ne fût-ce que par amour pour votre femme, par pitié pour vos enfants! Retranchez ceci, cela, s'il faut, mais ASSUREZ! Nul pire égoïste que l'imprévoyant. De la *judiciaire,* jeune homme (il était presque aussi jeune que moi), de la JUDICIAIRE!

Entre chaque section du discours, arrangé, sans qu'il s'en doutât, à la façon dont il concevait et débitait ses homélies du dimanche : DE LA JUDICIAIRE! répétait le pasteur, — qui n'avait certes pas tort, la *judiciaire* étant le commencement de la sagesse : celle d'en haut comme celle d'en bas.

Tant et tant il le redit à ses ouailles, que dans le village on l'appela bientôt (et on l'appelle encore) Le Révérend JUDICIEUX.

Puis il narra la vieille histoire du vieux marchand.

— Comment! — demandait-on à celui-ci — Comment se fait-il que votre fils soit resté pauvre, pendant que vous avez gagné si gros bien?

— Comment ça se fait? Nous perchions, ma femme et moi, quand nous étions jeunes, au quatrième étage d'une humble maison; *Môssieu* mon fils a débuté par le rez-de-chaussée d'un riche hôtel. Nous mangions la soupe dans une terrine de faïence; *Môssieu* mon fils a dégusté le potage dans une soupière d'argent. Nous portions des habits de grosse toile ou de gros drap; *Môssieu* mon fils se vêtait de drap de soie et de fin lin. Nos mains nous servaient; des laquais servaient *Môssieu* mon fils. Il a commencé par où je finis. Il finit par où j'ai commencé.

Mistress Barrie cependant était redescendue. La bouilloire grésillait sur les charbons, d'odorantes vapeurs s'exhalaient de la théière, les œufs achevaient leur cuisson dans le plat creux, avec une chanson qui donnait faim rien qu'à l'entendre, et les beurrées... je vous défie d'en croquer de plus fines!

Quand le repas fut terminé (nous avions gardé ce demi-silence qui sied aux grands appétits) :

— Chère! fit M. Barrie : si vous causiez un peu ménage, voire mariage, avec notre *jeune ami!*

Au même instant, le pommeau de la porte s'agite convulsivement, secoué d'un poignet moins vigoureux, mais tout aussi résolu que celui de Bess.

Une petite tête bouclée se hasarde, un petit bout de chemise paraît, une petite voix bégaye :

— Maman !

Et, par derrière, les impétueuses remontrances de Bess :

— *Master* James ! Ici ! A cette heure ! En che... — elle n'achève pas.

— Maman ! Avez-vous demandé à M. Wendall combien coûtent les patins?

— Les patins ! fais-je. Viens me voir demain, camarade ! Je t'en trouverai.

— Oh, monsieur Wendall !

— Oh, James !

— Des patins ! — Bess s'est bravement campée le poing sur la hanche : — Des patins ! Pour lui rompre le cou, la tête, les quatre membres.... et le noyer !

Mais un :

— MERCI, MONSIEUR WENDALL ! — plus gros que le petit homme qui me l'envoie, coupe court à l'éloquence de Bess.

Bon ! James a fait le tour de la table, avalé une beurrée, distribué force baisers à la ronde, dit trois adieux. Bess triomphante l'a emmené, fermé la porte. Le battant se r'ouvre, non sans une sorte de combat singulier. Notre compagnon se tient là, campé, debout, un pied en avant, geste dramatique :

— Oh! monsieur Wendall, s'il vous plaît, M'sieu!
à quelle heure faut-il venir demain?

— Neuf heures, mon garçon.

— Merci, merci, M'sieu! — et se tournant vers
sa mère : — Puis-je aller, maman?

— Nous verrons. *Va*, pour le moment, te remettre au lit!

— Maman, maman! — l'indéfini de ce *nous verrons*
ne faisait pas le compte du petit bonhomme : —
Maman! — il tirait de son côté, Bess tirait du sien :
— si vous disiez OUI!

— Eh bien.... OUI! A condition que tu n'ap-
procheras du lac qu'avec l'autorisation de maman.

La condition se perdit en l'air. James escaladait
les marches quatre à quatre, jabottant *patins, glis-
sades, culbutes;* s'exerçant aux exploits sur le carre-
lage de la nursery; Bess prophétisant catastrophes
sur catastrophes, jusqu'au moment où, fatiguée de
tout ce temps perdu, elle déclara que si master
James ne s'enfilait pas, *subito,* sous les couvertures;
que s'il ne s'endormait pas avant qu'elle eût compté
douze, elle redescendrait vers moi, et me prierait
de garder mon cadeau! — La terrible Bess s'avançait déjà du côté fatal.

— Non, non, Bess! Je veux être bon garçon! Et
dormir!

Ce qu'il fit.

— Et maintenant, causons, — dit Mrs. Barrie.

Avec quelle grâce elle m'initia, moi, triple ignare, à ces mille incidents journaliers dont se tisse la vie de famille ; à ces mille atomes, qui chacun demande sagesse, lumière, décision, autant peut-être que champ de bataille ou gouvernement d'empire !

Tantôt, c'était une invasion d'hôtes inattendus; sacs de nuit, malles, porte-manteaux, suivant dans la cariole du *rail-way* — ce qui indiquait une semaine pour le moins de séjour. — Et rien dans le garde-manger (sauf du gruau), rien dans la basse-cour (les poules ne pondaient plus), rien dans l'étable (le lait des vaches avait tari), rien dans la caisse (la fin du mois avait tout emporté) !

Tantôt, un *patatras* de la fille de village (appelée dans les jours de branle-bas) les bras chargés du plateau sur lequel Bess venait de placer la porcelaine, la belle, fraîchement lavée : tout par terre, tout brisé !

Tantôt, le meilleur habit du pasteur, déchiré, là, dans le dos, au beau milieu, comme il se précipitait par le sentier de l'Epine, pour aller voir un paroissien mourant.

Tantôt, la belle robe de madame, qu'un convive maladroit avait aspergée de sauce au gras.

Tantôt, le mémoire du pharmacien, éclatant soudain comme une bombe, trois fois plus chargé qu'on n'avait cru.

Mais tout n'était pas mésaventure. Oh non ! n'allez pas vous imaginer cela !

Comptez-vous sans le bonheur de s'ingénier, de se retourner ? — De transformer, par exemple, une vieille redingote de M. Barrie en vêtement complet pour James ; d'y découper, à force d'adresse, une veste pour Maud, deux bijoux de pantoufles pour Bébé ? — Le bonheur de recouvrir six chaises antiques, reléguées au galetas, avec l'antique jupon de l'aïeule, oublié dans le fond d'un bahut ? — La joie, inénarrable, de faire beaucoup avec peu, quelque chose avec rien ! D'opérer ces miracles d'invention, de gentillesse... et d'amour, et d'abnégation, et de dévouement (notez cela) qui dissipent les nuages, conjurent les tempêtes, refoulent les ténèbres, mettent du soleil partout !

Et si vous saviez quelle poésie émanait de ces humbles détails ! — Et les belles surprises ! la mère poule qui apparaissait soudain, majestueuse, avec douze poussins derrière elle ; le champ dont les gerbes pesaient double ; les choux, les pommes, qui se conservaient un mois de plus qu'on ne pensait.

— Une fois... oh, une fois ! — dit Mrs. Barrie après quelques instants de silence : — Une fois... (sa voix s'était altérée), le courage me défaillit. Notre ange, notre Nelly venait de nous quitter ; la santé de son père avait reçu un choc funeste. On l'appelle, au point le plus reculé de la paroisse ; il s'agissait de

funérailles. L'ouragan sévissait. Mon William se
met en route, malade, le cœur déchiré... car une
chaise restait vide chez nous, et, tout résigné qu'il
fût à la sainte volonté de Dieu, le père regardait de
ce côté-là, toujours. Quand il revint, il était plus
pâle qu'un linceul. Je sens, au premier coup d'œil,
que le malheur va redoubler sur nous. Bientôt,
fièvre et délire se déclarent. Notre médecin, un
ami fidèle, fait ce qu'il peut ; mais ce qu'il peut
ne dompte pas le mal. Appeler en consultation le
célèbre docteur X***, d'Edimbourg ! OUI, cela sau-
verait mon William, avec l'aide du Seigneur ! Mais
l'argent ! l'argent ! Car, vous le savez, ils ne s'ébran-
lent pas sans forts honoraires, ces puissants de la
science ! L'argent, il ne m'en restait point ; la scarlatine de nos enfants avait tout absorbé. C'est égal,
je jette ma prière aux pieds de Dieu, je télégraphie ;
le docteur X*** arrive ! Pourrai-je oublier jamais,
l'attention profonde avec laquelle il examina le
cas ; les délicatesses de sa déférence envers notre
médecin ; son accent joyeux, alors qu'il me dit : —
« Bon espoir, mistress Barrie ! Notre patient a le
calme dans l'âme, la paix dans le cœur, des soins...
(il me regarda ; l'indulgence d'un père attendrissait
ce regard). Bon courage ! Nous vaincrons. » — Puis
il écrivit des prescriptions minutieuses, appela Bess,
les lut devant elle. — « Monsieur le professeur ! »
balbutiai-je comme il se levait pour partir : — « Je
suis votre débitrice... » — « Parlons pas de ça ! »

— interrompit-il. — « Mais je vous en prie, en grâce, monsieur, dites-moi !.. » — « Bien, bien, bien ! Vous aurez de mes nouvelles ! » — Il nous quitta. Deux jours après, le messager déposait devant notre porte une boîte, soigneusement cachetée. On l'ouvrit ; elle contenait tout un arsenal de médicaments, de cordiaux, et une lettre...

Mrs. Barrie se tut ; les larmes que j'avais vues monter à ses yeux, plus d'une fois, tombaient à grosses gouttes. Elle baissa la tête sur son ouvrage, les essuya, puis :

— Voici ce que disait la lettre, reprit-elle ; je la sais par cœur : — « Madame, prendre part aux *nécessités des saints* [1] est un honneur. Voir un malade si admirablement soigné » (je répète, fit Mrs. Barrie ; je ne *signe* pas) « est un rare privilège. Constater le succès de mon traitement est un triomphe. Le crédit que cela va me donner, la réputation que cela va me faire, surpasse en valeur tout ce que vous pourriez imaginer. A moi donc, madame, de vous remercier du plus sincère de mon cœur ! »

— La lettre est dans notre bible ! poursuivit Mrs. Barrie : Dans la bible de ma mère, sur le feuillet qui porte la date de notre mariage... et une boucle des cheveux de Nelly. ‹

Ce que ne dit pas Mrs. Barrie, ce que j'appris plus tard, c'est que la boîte aux cordiaux, lavée, blan-

1. Rom., XII, 13.

chic, intérieurement tapissée par les industrieuses mains de Bess, repartit pour Edimbourg, comble de ce que la basse-cour, la laiterie, le jardin, le verger fournissaient de plus beau, accompagnée de ces mots au conducteur :

— Tom! Remettez ça *franco!* Sans dire d'où ça vient.

Nous ne nous en tînmes pas, cela va de soi, aux questions d'économie domestique.

Mrs. Barrie les avait résumées en ces termes :

« N'achetez jamais ce dont vous pouvez vous passer.
Regardez-y à deux fois, lorsqu'il s'agit de *bon marché*.
Usez de tout; n'abusez de rien.
Epargnez, pour avoir de quoi donner.
Ne perdez ni temps, ni peine, ni santé, ni deniers. »

Elle releva la tête :

« Gardez votre cœur, plus soigneusement que votre caisse;
Aimez-vous l'un l'autre, en tout honneur.
Que chacun estime l'autre plus excellent que soi-même. »

— En fait : soyez judicieux! interrompit le pasteur. — De la judiciaire, mon jeune ami! DE LA JUDI-CIAIRE.

Sept coups argentins résonnaient sur le timbre de la pendule. Un autre salon — celui de mon

Agnès — m'attendait à Greenknove. Remerciant
Mrs. Barrie, je tendis la main au pasteur; il la
retint :

— Robert Wendall! — son regard avait une solennité pénétrante : — Robert Wendall, je désire
que dans chaque maison de ma paroisse s'élève un
autel au Seigneur; que chaque foyer ait son culte
de famille. Vous l'aurez, n'est-ce pas? — j'incli-
nai le front. — Et pour commencer! poursuivit
M. Barrie, vous allez prendre ma place, ici, ce
soir; lire un chapitre de l'Évangile, prononcer la
prière.

— Non, non! Pas ce soir! — j'arrêtai la main
qui déjà sonnait Bess. — Pas ce soir, monsieur
Barrie!

Mrs. Barrie vit mon trouble :

— William! fit-elle : d'autres *devoirs* appel-
lent monsieur Wendall à Greenknove; laissez-le
partir.

Le digne pasteur comprit. Il m'escorta dans le
vestibule :

— Robert! dit-il gravement : rappelez-vous
le « *Nisi Dominus frustra* » de nos jours de
collège. — « Si le Seigneur ne bâtit la maison, Robert, ceux qui la bâtissent travaillent en
vain [1]! »

Une dernière poignée de main, un adieu final, et,

1. Ps. CXXVII. 1.

comme je descendais en courant le coteau, j'entendis la voix du pasteur me crier :

— Robert, prenez garde au verglas !... Vous êtes la propriété de *quelqu'un !* N'oubliez pas cela, Robert !

III

MARIAGE

J'arrivai tard chez Mrs. Stewart. Agnès était seule. Mal remis du trouble où m'avait jeté la proposition de M. Barrie : faire le culte domestique ; j'embrouillai les récits de Mrs. Barrie, les patins de James, les beurrées de Bess, l'assurance sur la vie, de telle sorte qu'Agnès, me regardant :

— Vous n'êtes pas bien, Robert?

— Parfaitement.

— Alors?

Je lui contai ma terreur à cette pensée : diriger le culte de famille!

Agnès sourit. Puis, tout à coup sérieuse :

— Vous ne savez pas, Robert! Ma mère, bien souvent, m'a priée de vous adresser la même requête! — Une plus douce expression, une plus transparente lumière éclaira ses grands yeux

sincères : — Et vous le ferez, demain soir ! —
ajouta-t-elle ; et plus bas : — Vous prierez avec
nous.

— Oui... si Dieu... je me sens incapable...

— Oh pardon, pardon ! Voilà que je vous agite,
moi qui voulais...

Le pardon fut scellé — lecteur, je vous laisse à
deviner comment.

— Adieu, Robert. Vite, rentrez chez vous. Point
de veille ! je vous le défends. Une bonne, longue
nuit, pour m'obéir.

Tourner à gauche, bondir à droite, me promener
de long en large, ouvrir ma fenêtre, la refermer,
remettre ma tête sur l'oreiller, compter jusqu'à
cent, jusqu'à mille, le tout en vain, voilà ce que je
fis six heures durant. Une voix s'était levée dans les
profondeurs de mon âme ; elle disait : — Quoi de
plus simple, *quand on croit*, que d'ouvrir la Bible
en famille, que de s'adresser à Dieu, que d'implorer
le Seigneur !... *Crois-tu ?*

La question s'enfonça comme un dard. Résultat
de l'examen : Hésitant, tiède, lâche.

Je sautai sur mes pieds :

— Ah ! fis-je, c'est ainsi qu'il en va !

En un instant, ma résolution fut prise : Plus
d'hésitation, plus de tiédeur, plus de lâcheté ! — Et
me voilà en train de composer une belle oraison,
afin de l'avoir là, toute prête, si l'émotion, demain

soir, chez Agnès, me coupe les idées avec la parole.

Hélas! à peine une phrase trouvée (et au prix de quels labeurs!) la précédente m'échappait. Autant courir après les perles éparpillées d'un collier dont s'est rompu le fil.

Ma tête était retombée entre mes mains. Tout à coup, la voix, la même, d'un accent pénétrant et subtil : — Si tu demandais la force à Dieu; si tu lui parlais comme on parle à son père; si...

Elle n'avait pas achevé, qu'un cri se fit en moi : — Seigneur Dieu, tu m'aideras! Point de phrases. Le cœur, rien autre, c'est tout!

Vous dire que ce cœur ne battit point, lorsque, l'heure venue, au moment où mon fauteuil s'était rapproché de la causeuse d'Agnès, où sa main reposait dans la mienne, où je balbutiais à son oreille ces vieux mots que chaque siècle trouve et plus jeunes et plus doux, Mrs. Stewart, droite, solennelle, entra; lorsqu'elle posa devant moi la vieille bible de famille; lorsque ses lèvres minces, légèrement pincées, articulèrent ce nom : — Robert! — tandis que son doigt maigre s'allongeait pour désigner le saint volume; vous dire cela, ce serait mentir.

Ma voix tremblait, les feuillets semblaient frissonner à mesure que je les tournais; bientôt j'oubliai tout, je ne vis plus que Dieu, sa Parole, nos âmes, et je parlai selon ma foi.

Un regard humide, celui d'Agnès, avait rencontré le mien, qu'embrasait encore la flamme intérieure.

— Merci. — firent sèchement les lèvres étirées de Mrs. Stewart. Après quoi, se levant, se redressant, elle nous laissa seuls.

Offensée, elle l'était; impossible de le nier. Par quoi, par qui? plus impossible de le dire.

Agnès sourit à mon air stupéfait :

— Oh Robert... voyez... le révérend M. Mc Nab, mon oncle, le frère de ma mère, lorsqu'il préside notre culte, ne fait jamais allusion à l'âge de mère chérie... et... vous l'avez... dans votre prière, en appelant les bénédictions de Dieu sur elle, qualifiée de... *vénérable* servante du Seigneur! Oncle Mc Nab se contente de dire : Ta servante!

Or, pour que vous n'en ignoriez, ami lecteur, Mrs. Stewart comptait soixante hivers au bas mot.

Affaire d'appréciation, au surplus! Un mien cousin ne s'était-il pas vu déshérité, court et net, pour avoir, en semblable occurrence, gratifié de la quarantaine une *jeune* demoiselle, sa tante, qui frisait le *demi-siècle*... et ne lui pardonna jamais!

Si Mrs. Stewart allait se formaliser, battre froid, ajourner, me séparer...

Mais non! L'énorme paquet de *faire part* que, ce soir-là même, je fus chargé de jeter à la poste en quittant Agnès, dissipa tout nuage.

Elles s'évanouissaient donc, les dernières heures de nos fiançailles. Le temps de poésie, de beaux loisirs, tirait à sa fin. L'idéal, qui sur nos têtes avait mis son azur, allait-il, déployant son aile, remonter au ciel et déserter nos horizons?

Ne croyez pas cela! Qui s'aime en Dieu, a devant soi l'infini : l'immensité de l'espoir, des tendresses, de la pensée, de la foi, du travail! C'est grand, et c'est bon.

L'aurore bénie se leva, aussi vermeille qu'étaient pâles les joues de mon Agnès.

Parents, amis, voisins d'accourir. Ceux-ci, figure sérieuse — j'allais dire soucieuse — comme il sied à gens que douze à quinze ans d'expérience conjugale ont rendus circonspects; ceux-là, les jeunes, radieux, confiants, lumière au front; tous dans leurs plus beaux atours.

Les toilettes? Mesdames, ne me demandez pas de les définir : fraîches, gracieuses, comme celles qui les portaient.

Les cadeaux? Ah, ici, je sens le terrain plus ferme sous mes pieds. Nulle apparence ni de chinoiserie, ni de japonnerie, ni de vieux Sèvres, ni de moulures, ni de dorures, ni de guéridons qu'un souffle met par terre, ni d'encriers qu'une goutte d'encre noierait, ni de boîtes à gants sans gants, ni.... en vérité, si nous eussions, comme c'est la mode aujourd'hui, préparé une salle d'exhibition pour y étaler nos trésors, la salle fût restée vide, et nous interloqués. En revanche : théières, pots à crème, pots à lait; bouilloires; ustensiles de table et de cuisine — voire une marmite — nappage solide; horloge avec sa chemise de bois et son coucou, lequel, bec ouvert, chantait gravement les heures, tout nous ravit.

Ai-je besoin de le dire? la main du donateur, bien plus que la valeur du don, faisait le prix de l'offrande.

La sainte Bible, je la possédais. Mais comme le volume, grand in-4°, caractères qu'auraient facilement lus des yeux de vieillard me devint particulièrement cher, quand notre pasteur, M. Barrie, le déposa dans nos mains entrelacées, avec ces mots : « Qu'elle éclaire votre sentier! »

Maints *speech* de circonstance illustrèrent le repas des noces.

— Je propose la santé — fit M. Barrie, un fin sourire aux lèvres — de certain jeune homme, lequel songeait à la possibilité du mariage.... quelque jour.... dans les lointains de l'avenir, et de la gracieuse fée qui, d'un coup de baguette, l'a doté du bonheur!

Puis vint l'histoire de *Johnnie*. Il cherchait femme, le pauvre Johnnie, et, à force de chercher sans trouver, prenait l'air si lugubre, qu'il trouvait moins que jamais.

« — Johnnie, mon homme! lui dit sa mère :

avec ce visage funeste, tu en as pour le siècle. Haut le cœur, garçon! Jamais faible cœur ne conquit belle dame!

— Haut le cœur, mère? C'est le *renfoncer* qu'il faudrait! Je l'ai déjà dans le gosier. Pour peu qu'il monte, il me sortira du corps! »

Soudain :

— A vous! A Mrs. Stewart! A ma *vieille* amie!
— s'écria mon oncle à moi, *Saint-Jean bouche d'or*, autrement dit M. Martin, qui parlait comme il pensait, dédaignait les circonlocutions du beau langage, et méprisait les mensonges courants.

— Vieille! monsieur Martin! — riposta ma belle-mère, que suffoquait l'indignation : — vieille! Vous avez vu lever le soleil, avant les yeux que voici! — elle avait ôté ses lunettes.

— Hum! hum! fit M. Martin : on pourrait, à la rigueur, rencontrer plus jeunes poulettes! Quoi qu'il en soit, puissiez-vous, chère, honorée madame, durer mille ans.... et plus!

Rires d'éclater. Disons, pour être juste, que la voix de Mrs. Stewart s'y joignit franchement.

Puis, ce fut un des amis de noce, rose à la boutonnière, œil langoureux, toujours épris — mais difficile à prendre — qui, la bouche en cœur, porta le *toast* obligé à ces « ravissantes demoiselles d'honneur » !

Puis, M. Mac Nab, l'homme prudent qui se gardait bien de donner du *vénérable* à sa belle-sœur,

Mrs. Stewart, gratifia le révérend Barrie d'une adresse richement émaillée de textes hébreux, de sentences grecques et de vers latins. Sur quoi mon oncle :

— Bravo! Ce que c'est pourtant que d'avoir fait ses humanités! On cloue les gens sur place, sans qu'ils y comprennent goutte........ sauf qu'ils sont des ânes.

Après les discours, les couplets.

L'ami célibataire aux regards mourants possédait une voix de ténor savamment exercée. Nul ne disait la chansonnette comme lui.

— Monsieur, de grâce! — imploraient les jolies lèvres roses.

— Désolé! Humilié! Rien, rien, je ne sais absolument rien!

— « *Oh Nannie, viens avec moi!* » — suggéra, caché derrière les autres, un visage rougissant.

— Oublié! Totalement oublié, mademoiselle.

— Alors! — fit l'oncle, de son bon gros accent jovial : — « *Jim, apporte le broc et buvons sec!* »

— Oh!

Les mamans toussèrent, les jeunes filles dérobaient sous leurs mouchoirs de petits rires mal étouffés. Tout s'apaisa cependant; les conversations recommençaient, l'attention se portait ailleurs; ce que voyant :

— Peut-être — murmura nonchalamment notre

mirliflor — peut-être... si vous le désirez... pour vous obéir... essayerai-je :

« Quand le Roi reviendra, porté sur l'Océan! »

— Oui, oui, oui!

Il l'enleva, force m'est d'en convenir.

L'enthousiasme quelque peu calmé :

— A votre tour, miss Pâquerette! — fit le chanteur, inclinant avec langueur sa tête bouclée vers une des cousines d'Agnès.

Paquerette, agreste et candide comme les marguerites dont elle portait le nom, ne se fit pas prier. Elle chanta si simplement, d'une voix si fraîche, si naïvement espiègle :

« Tout le monde se marie excepté moi! »

que son voisin de table, un collégien, électrisé par ce gentil ramage, ne tenait plus en place, et que mon oncle :

— Fiers imbéciles, ceux qui ne vous parlent pas d'hyménée! Ou plutôt — il cligna de l'œil — Mademoiselle fait peut-être la dédaigneuse!.... car des amoureux..... ma parole si vous en manquez!

Tonnerre d'applaudissements.

— Monsieur Martin, une chanson, une chanson! Vous, vous! s'écria-t-on de toutes parts.

— Moi? S'il vous convient d'entendre un vieux coq enroué, à votre service!

Et mon oncle entonna tout droit la complainte de Tom, le tenancier du riche Lord. Autans, grêle, trombes et gelées avaient jeté bas ses pommes, vidé ses épis, rouillé sa paille, pourri son foin : rien dans la grange, rien dans l'étable, rien au fenil..... et la rente à payer. Or, avant que le diable se fût mis à ses trousses, Tom avait passé l'anneau des fiançailles au doigt de la plus jolie — et de la plus sage — fille du hameau. Que faire? Pour se marier, faut de l'argent; pas trop, mais il en faut un peu. Et le Lord en veut beaucoup, et Tom n'en a point! — Ce qu'il fera? Vous l'allez voir :

> « J'épouserai la fille.... et pas un liard au Lord!
> Ma Betsy s'impatiente.... il peut attendre encor. »

Vous vous récriez? Un moment :

Tom lui-même avait, au dernier festin de moisson, chanté les couplets — de sa composition s'il vous plaît — par-devant lord X***, son légitime propriétaire et seigneur. Or le baronnet, tout en protestant, rit à cœur joie, secoua la main du poète et y laissa.... de quoi meubler la chambre des nouveaux mariés.

Point de voyages de noce, au temps où miss Agnès devint *mienne*. Les époux, convives en queue, se transféraient du logis de la fiancée dans la maison du mari. Une pluie de vieilles pantoufles saluait leur départ[1]. Si chacune de celles qu'on nous lança portait quelque heureux sort avec elle, le bonheur à coup sûr ne devait pas nous manquer!

Largesse de liards aux gamins, et en montant en voiture, et en descendant chez nous.

Tout du long gambadait le menu fretin de la paroisse, criant, se bousculant, mains tendues et pied levé.

Au moment où, s'avançant rougissante entre deux haies d'amis, fléchissant on l'eût dit sous les *Hourras* et l'émotion, Agnès, que soutenait mon bras, franchit le seuil de notre demeure; ma sœur aînée brisa sur sa tête un gâteau d'avoine : richesse dans la grange, bien-être au foyer! — Jeunes gens de s'abattre, comme vol d'étourneaux, pour s'en disputer les miettes! Chacune d'elles ne possède-t-elle pas cette vertu, de révéler l'avenir à quiconque y met la dent?

La journée n'eût pas été complète, sans les cornemuses et les violons.

Un mien arrière-cousin, le patriarche de notre famille, droit, ferme sur ses jarrets, grave en sa tenue, offrit la main à l'épousée et, selon l'antique usage, dansa le premier *reel*[2] avec elle. Le bal ainsi

---

1. Coutume écossaise. TRAD.
2. Sorte de *branle*. TRAD.

ouvert — sans prétentions ni vanités, vous pouvez m'en croire — tous, jeunes et vieux : ceux-ci plus gais encore que ceux-là, se mirent de la partie.

— Non, non! — faisaient les grand'mères, résistant (pour céder après une noble défense) aux invitations de leurs *jadis* beaux! — Le temps des folies est passé!

Celui de la joie ne l'était pas pour leurs maris; plus souvent en l'air, battant de prodigieux entrechats, que sagement calés sur le parquet.

— Oh moi! oh moi! — criaient alors celles des aïeules qui, alignées contre la paroi, raides comme des tulipes, regardaient en pitié ces puérils entraînements : — Oh moi, oh moi! Jonathan, vous vous oubliez! — Siméon, mon homme, laissez l'affaire aux jeunes!

— Qui m'arrêtera ce vieux grand-père? Balthazar, voulez-vous clopiner le reste de vos jours sur des béquilles!!

Il n'y eut, grâce à Dieu, ni jambes cassées, ni même une pointe de trop dans les cerveaux.

Les chants alternaient avec les danses : nos bons vieux chants écossais, si pénétrés de tendresse voilée, si narquois sous la bonhomie.

Oncle Martin redit, la voix doucement soutenue par le chuchotement du violon qui accompagnait en sourdine, la chanson des veillées au village, alors que les femmes, apportant fuseaux et quenouilles, filaient le chanvre solide, le lin soyeux;

tandis que les hommes raisonnaient politique, fer-
mages, religion, ou racontaient les nouvelles du
jour.

— Vous ne connaissez plus ça, vous, les *modernes* — fit mon oncle, se tournant vers la phalange
rieuse, qui babillait autant pour le moins qu'elle
écoutait : — Vous ne savez plus ce que c'est, les
veillées du chanvre! Et vous y perdez gros ! foi
d'ancêtre !

Sur quoi tante *Matty*, la belle-sœur de Mrs. Stewart,
passionnée des ballades natives :

— Encore ! encore ! monsieur Martin ! Je vous en
prie !

— A condition?.... — fit l'oncle.

Ce que vous voudrez ! — répliqua vivement
tante Matty, petite femme toute ronde, fraîche
comme une pomme d'api, aussi bonne qu'elle était
pétulante.

— Matty ! — s'écria l'oncle Martin. — Oh pardon ! j'aurais dû dire Mrs. Dickson. Mais vous êtes
si admirablement..... conservée; si rose, si.... que
Matty m'est parti, comme il y a.... bref, quand je
n'avais pas tant d'étés sur le corps ! Je chanterai
pour vous, oui.... *à condition* que vous aussi, vous
chanterez

— Moi ?

— « *Les belles du Bas-Pays!* »

— Monsieur Martin !

— Vous les chantiez à ma noce ! Vous en souvient-il pas? Et je vous entends! Et je vous vois encore!

— Monsieur Martin, monsieur Martin, ceci passe raillerie!

— Vous les chanterez.

— Je n'ai plus ni voix ni mémoire!

— Bah! bah! On sait ce qu'on sait. — Puis plus bas : — Voyons, *Matty*, il n'y a que la première note qui coûte; les autres s'envoleront toutes seules!

Elles s'envolèrent, cristallines; elles s'échappèrent de son gosier, comme les goutelettes de la source, limpides, harmonieuses, avec un sourire de jeune fille entre les couplets.

Voulez-vous le dernier?

« Entre nous deux, pas grand'cérémonie;
Je l'appelai mon fier Highland aimé!
Il m'appela son lys du Bas-Pays!
Puis il jeta sur moi son grand plaid écarlate. »

Après un instant de silence :

— Et cette alouette prétendait avoir perdu sa voix! — fit oncle Martin, levant les bras au ciel :
— Et l'on s'imagine que le corbeau va croasser!

— Pas de ça, monsieur Martin! Un marché est un marché! « *L'âtre du paysan!* » vite. En homme d'honneur, qui tient parole donnée.

L'oncle Martin s'exécuta, appuyé d'un chœur vigoureux à chaque refrain :

« L'âtre du fermier est la place
Où trône dame Liberté,
Où ses rayons sur chaque face
Mettent bonheur et majesté. »

Plus d'une fois, l'horloge avait sonné l'heure; le carillon de minuit avait depuis longtemps jeté ses notes aux étoiles; plus d'une voix — celle des gens qui toujours vont montre en main — avait essayé de timides adieux. Enfin, un couple suivant l'autre, tous nous laissèrent, non sans des : « Le Seigneur vous bénisse! Dieu vous préserve de séparation! » qui me retentissent encore dans le cœur.

Les hommes d'affaires, à l'époque dont je parle, ne se donnaient pas le luxe d'une *villa* hors des murs. Ils habitaient modestement — et commodément — au-dessus de leur bureau. Le travail s'en prolongeait, c'est vrai; mais comptez-vous pour rien le voisinage immédiat du foyer!

Avait-il un instant? le mari, en trois sauts, remontait chez sa chérie. Le savait-elle seul? vite, elle descendait avec son ouvrage. Entrait-il un client? rien qu'au gracieux accueil de madame, le client se sentait à l'aise. Et cette lumière inappréciable : le bon sens, l'intuition, la délicatesse, l'innée droiture de la femme; de l'*aide semblable à soi*, de la compagne jalouse de l'honneur, du bonheur d'un mari bien-aimé; qui eût consenti à s'en dessaisir?

Donc, nous restâmes citadins. Mon Agnès, sans qu'il y parût, devint mon secours, comme elle était ma joie. Tandis que volait son aiguille, ma plume courait. La sentir près de moi; rencontrer, chaque fois que je levais les yeux, son regard si doux, son brillant sourire, c'était le ciel... et c'était l'énergie!

Agnès saisit promptement le fil de mes opérations. Son esprit ingénieux, me suggéra plus d'une idée heureuse; sa fine intelligence, délia plus d'un nœud serré; le soleil de sa foi, éclaira plus d'un tournant obscur. Privés d'enfants, nous ne regrettâmes jamais la solitude à deux, qui resserrait notre union. Ma banque prospérait, et..... mais je crois en vérité que je m'amuse à vous faire mon histoire, au lieu de vous conter celle du pasteur de Blinkbonny!

Un mot encore.

Dès le lendemain de notre mariage, ma *femme* rétablit l'ordre dans la maison.

L'ordre! Il consista surtout, à faire des reliefs du festin paquets sur paquets, lesquels s'en furent porter joie et bombance dans les plus pauvres logis.

Peg [1], l'ancienne servante de mon père, le factotum de mon établissement de garçon, reçut double part. *Peg* avait épousé un veuf, chargé de progéniture; sacristain, marguillier, fossoyeur, je ne sais

_____
1. Abréviation de *Peggy*. TRAD.

quoi d'autre encore, archi-prudent et archi-gro-
gnon :

— Les temps sont durs! — répétait à tout venant
notre homme. — Y a bien à faire à vivre. Froid de
loup! Personne, ni à enterrer, ni à marier; depuis
six semaines, je n'ai pas sonné une fois le carillon
des noces, pas une fois la cloche des morts!

— Eh bien, Peg! Voilà de quoi égayer votre mai-
sonnée! — fit Agnès, en remplissant le vaste panier :
— Comment va le père?

— Couci, couci, mistress Wendall. Ah! sans notre
pasteur : Un bon, celui-là! Un vrai! Un dévoué!
Un pas exigeant! Un qui ne ressemble guère...

La diserte Peg allait entasser commérages sur
commérages. D'un tour de main, ma femme détourna le torrent :

— Vous avez longtemps servi monsieur Wendall!
— Peg fit la révérence : — Et très fidèlement! —
seconde révérence : — Vous savez ses goûts! — révérence numéro trois : — Dites-moi, ma brave Peg?
— les traits de Peg s'illuminèrent : — Quelles sont
ses préférences (en fait de cuisine s'entend)? ses
mets favoris? ses...

Le front de Peg se redressa. Consultée sur de
si graves intérêts! Honneur sans pareil!

— O mistress! Pour quant à ce qu'aime le
maître et ce qu'il n'aime pas, bien fin qui le dirait!
Toujours content de tout, le cher enfant! Un rien,
moins que çà, il ne lui en faut pas plus! Donnez-

lui... voyons : pour son dîner, une riche soupe au
gras, un gigot rôti dans le jus, des pommes de terre
braisées en lèche-frite, quelque beau chou-fleur du
jardin, une tarte *cossument* garnie de fruits ; des
amandes à son dessert, avec des figues sèches, du
fromage, du café noir, pas autre chose ; il se con-
tentera comme ça.

— Je crois bien ! — murmura mon Agnès.

Mais de plus palpitantes questions allaient préoc-
cuper la paroisse et les esprits.

L'événement qu'elles enfantèrent — 1843 — s'appelle : Formation de l'Eglise libre d'Ecosse.

IV

L'ÉGLISE ET L'ÉTAT

On le sait, cinq cents pasteurs environ, appartenant à l'Eglise établie d'Ecosse, s'en séparèrent, 1843.

Notre paisible paroisse de Blinkbonny ne pouvait demeurer indifférente, au milieu du trouble général. Le caractère de la crise, sa portée, en imposaient l'examen à toutes les consciences.

Bien qu'il se tînt écarté des *meetings* que provoquait le conflit survenu entre le gouvernement et les *non-intrusionists* [1]; bien qu'il évitât de porter ce brûlant sujet en chaire, même de le traiter dans les entretiens familiers, M. Barrie, notre excellent pasteur, ne cessait d'en sonder les profondeurs.

---

1. Opposants à l'immixtion de l'Etat dans les affaires d'Eglise. Trad.

Sous l'attitude réservée, on devinait le courant des sympathies. Elles allaient du côté de l'Eglise naissante, de la courageuse Eglise, qui, rompant avec l'Etat, rompait avec une situation officiellement reconnue, avec des ressources assurées, avec un passé glorieux, pour se lancer, par la foi, au-devant d'un avenir gros de tempêtes et de périls.

Les prudents, comme on pense, ne manquaient pas ; non plus que les avis :

— Songez à votre famille ! Attendez ! Laissez faire les autres ! N'engagez rien ! Ne compromettez rien !

M. Barrie remerciait, assurait qu'il n'agirait qu'en connaissance de cause, qu'il y mettrait de la *judiciaire !* Et, cela dit, gardait le silence.

Ce que serait sa décision finale, chacun l'ignorait. Lui-même, le savait-il ?

Chose bizarre, ce fut à Bess, que le pasteur s'en ouvrit pour la première fois, et comme sans le vouloir.

On était au printemps. Bess, jupe relevée, chaussée de sabots, large chapeau de paille sur le chef, travaillait son jardin. Nul, sauf Bess, n'y mettait pioche ou bêche. Ce qui n'empêchait pas le potager de Bess d'être, et le plus précoce, et le mieux tenu du village. Haricots, pois verts alignés au cordeau, montraient déjà leurs premières feuilles ; la salade pommait, les épinards avaient fait plus d'une appa-

rition sur la table, les radis y avaient montré leurs
jolies mines roses. — Après l'été vient l'automne,
il y fallait songer. Ce jour-là donc, Bess, un vaste
panier de pommes de terre à côté d'elle (savamment
coupées, chaque morceau pourvu du nombre d'*œils*
voulus), les enfonçait dans le sol, courbée en deux,
si parfaitement absorbée par l'importance de l'opération, qu'elle n'entendit ni le pas de M. Barrie,
ni le loquet du portail qui se soulevait, ni la porte
qui chantait en s'ouvrant, ni que quelqu'un s'arrêtait devant la ligne où, fragment après fragment,
disparaissaient les précieux tubercules.

D'ordinaire, M. Barrie adressait à Bess, en pas-
sant, un mot amical, puis continuait son chemin.

La halte, cette fois, se prolongea si longtemps,
le silence avait je ne sais quoi de si étrange, que
Bess leva les yeux.

— Eh bien, Bess! — fit M. Barrie; un soupir lui
échappa : — Vous plantez les printanières! Que
diriez-vous s'il nous fallait déménager? laisser à
d'autres le soin de la récolte?

Bess sauta sur ses pieds :

— Déménager! — s'écria-t-elle, au comble de la
stupeur : Déménager! Monsieur! Quoi? Qu'est-ce?
— Puis, hors d'elle-même, oubliant sa déférence
habituelle, frappée d'une idée soudaine, d'un ton
où perçait je ne sais quel accent de défi : —
Déménager! reprit-elle : Faudrait, pour ça, être
appelé ailleurs, Monsieur! Je n'ai pas ouï dire que

ni ville ni village ait demandé l'assistance de Monsieur le pasteur !

— Non, Bess. Et néanmoins il pourrait arriver
que mon devoir m'obligeât à quitter Blinkbonny.
Quoi qu'il en soit, le jardin de la Manse restera votre
gloire !

M. Barrie, averti par l'expression terrifiée de
Bess, qu'il en avait trop dit, essaya une remarque
sur le temps et s'éloigna, trop préoccupé pour entendre cette exclamation de la pratique Bess :

— Monsieur ! Au nom de....! Pourquoi ne m'en
pas avoir soufflé mot, avant que je coupe mes pommes de terre ?

Bess, continuer de cette voix, de cet air ! Décidé-
ment, ce qu'elle venait d'apprendre lui enlevait
toutes ses notions de convenances et de respect.

M. Barrie avait depuis longtemps tiré derrière
lui la porte du presbytère, que les regards rivés sur
le panneau, oreille tendue, la pauvre fille demeurait immobile, comme si elle s'attendait à en entendre sortir quelque rassurante parole. Enfin, elle
secoua la tête, jeta un rapide coup d'œil à travers
le potager : son orgueil, sa joie, le sol qu'elle avait
tant labouré, ensemencé, arrosé ! Elle considéra les
carreaux, les rangs de trous à demi recouverts; puis,
soudain, d'un geste résolu, saisit la corbeille aux
pommes de terre, et plantoir en main — elle ne
l'avait pas lâché tandis que lui parlait son maître

— Bess à grands pas arpenta le jardin. On eût dit une somnambule, si automatiques étaient les enjambées, si rigides les traits. L'inspection achevée, sans se retourner une seule fois, Bess se dirigea vers la Manse, y entra, déposa panier et outils, décrocha sa robe, en effaça les plis, s'enveloppa d'un châle, couvrit ses cheveux du capuchon qui, les jours ordinaires, complétait sa toilette, lorsqu'elle allait en ville — Bess ne portait un chapeau digne de ce nom que le dimanche, à l'église — et, marchant droit au parloir, en entr'ouvrit la porte, après y avoir frappé trois coups secs :

— Ma'am ! y a-t-il quelque chose à acheter ?

C'était sa manière de dire qu'elle sortait.

— Non, Bess. Moins nous ferons d'emplettes à cette heure, mieux cela vaudra.

Mrs. Berrie, elle aussi ! Quelle mouche les pique donc ?

Bess sentit comme un poignet de fer lui serrer le cœur.

Je prenais l'air, un instant, hors de mon bureau, lorsque je vis la brave servante descendre le sentier au pas de course.

— Bess ! Bess ! qu'y a-t-il ? — criai-je, redoutant quelque malheur.

— Rien, monsieur Wendall. C'est-à-dire.... puis-je vous parler ?

— Sans doute.

— Avez-vous déjà planté vos pommes de terre, monsieur Wendall?

— Non, Bess. Je suis en retard cette année. Ma construction de Knowe Park a pris tout mon temps. Vous savez, la vieille maison s'écroulait, elle est abattue; j'en fais construire une autre, le plus joli cottage! Vous viendriez voir ça, Bess.

Remontant la rue, nous étions entrés dans mon jardin. Bess, d'un regard, le parcourut, et me toisant :

— Oh monsieur Wendall!.... aussi retardé! Ça ne vous ressemble guère! — Puis, sans transition :
— Savez-vous si notre pasteur est nommé à un autre poste? Ou s'il le sera bientôt?

— Je l'ignore absolument.

Elle hésita, se décida, et me répéta les paroles mystérieuses, qui, sortant de la bouche de ses maîtres, la laissaient bouleversée.

— Comprenez-vous, monsieur Wendall?

— A peu près.

Lui expliquant de mon mieux la situation :

— Voyez-vous, Bess! fis-je : l'Etat, disent messieurs les ministres, s'est tout à coup mêlé de ce qui ne le concerne pas. Il a prétendu gouverner l'Eglise. Or les pasteurs, auxquels Dieu a conféré la garde des troupeaux et de la vérité, ne peuvent accepter une pareille intrusion. Plutôt que de la subir, beaucoup se sépareront d'une Eglise ainsi violentée.

— Le gouvernement! — s'écria Bess, les poings

sur les hanches : — Le gouvernement! Vous ne me ferez pas croire, monsieur Wendall, que le gouvernement ose mettre son nez dans les affaires de M. Barrie! Bouziller la paroisse? ah bien oui! Trouvez-en une mieux rangée! Un meilleur ministre! Nous l'ennuyer? Nous chasser de la Manse! qu'ils y viennent. Les temps du *Covenant* sont passés, monsieur Wendall!

— Là, là, calmez-vous, Bess! Le gouvernement n'enverra ni ses régiments ni ses gendarmes, pour vous arracher du presbytère. Mais, s'il exécute ses projets d'usurpation, ce sont nos pasteurs eux-mêmes, qui renonceront à leur poste officiel.

— N'y a pas de gouvernement qui tienne! — répliqua Bess, rouge de colère : — Le gouvernement ne sait-il pas, mieux que moi d'ailleurs, qu'il n'a point de si fidèles amis, point de plus sûrs appuis que M. Barrie.... et ceux de même espèce? Et, dites-moi, est-ce que par hasard *quelqu'un*, gouvernement ou autre, prétendrait venir manger *nos* pois, *nos* choux, *nos* pommes de terre, que j'ai plantées, MOI?

— J'espère bien que non. Toutefois, ce n'est pas impossible.

— Alors, si je savais, je me garderais de semer un seul grain de navet! Voulez-vous les pommes de terre qui nous restent? Je vous les vendrais, *à vous*, monsieur Wendall. Elles sont prêtes à mettre en terre. Une espèce! — Bess fit claquer ses doigts : —

Faut voir ça, fin d'août; plus de dix à un seul pied;
blanches, farineuses! Bouillies, frites, en purée, en
gâteau, rien ne les battra!

— Bravo! Bess! apportez-les-moi.

La figure de Bess s'éclaira. Ce fut court.

— Non! reprit-elle. Quitter la Manse? *non*, NON,
et NON!

— Savez-vous, Bess? Je vais faire préparer le potager de Knowe Park. Tous les légumes qu'il vous
conviendra de me passer y trouveront place. D'ici
là, cultivez vos carreaux; *sans peur et sans reproche*,
Bess! Les temps et les événements sont à Dieu.

Bess partit un peu consolée. Quelques moments
après, M. Barrie entrait chez moi. Il paraissait sou-
cieux. Les premières banalités échangées:

— Votre cottage, Robert, dit-il, est une vraie
perfection. Avez-vous quelque locataire en vue?

— Pas un seul, monsieur Barrrie.

— Et le loyer? Très élevé, je suppose?

— Raisonnable.

— La maison sera terminée?

— Vers Pentecôte.

L'intérêt bienveillant que me portait M. Barrie,
ne suffisait pas à motiver ces questions, faites à
brûle-pourpoint et coup sur coup. Les rapprochant
de la visite de Bess, j'en conclus que, si le gouvernement ne cédait pas, le pasteur de Blinkbonny ne
céderait pas, lui non plus.

Avril tirait à sa fin. Le ciel rayonnait, la terre verdoyait. Jamais le presbytère ne s'était couronné de tant de roses; jamais il ne s'était abrité derrière tant de cytises et de lilas; jamais ses jardins n'avaient promis si riches récoltes; jamais pareille atmosphère de bien-être et de confort, n'avait enveloppé la Manse avec ses habitants.

M. Barrie devait, le lendemain, se rendre à l'assemblée générale d'Edimbourg. Sous je ne sais quel prétexte — en fait, pour m'éclairer sur ses projets et lui offrir mes services — je me dirigeai vers la maison du pasteur.

De tout loin je le vis, mistress Barrie à ses côtés, marcher lentement dans les allées, s'arrêtant ici devant une planche de tulipes, là sous un pommier en fleurs. Leur visage, à tous deux, portaient l'empreinte de la tristesse. On eût dit qu'ils accomplissaient quelque pèlerinage d'adieux.

Bess, dissimulée derrière le volet de sa cuisine, les suivait, l'œil inquiet. Sitôt qu'elle m'apperçut, elle m'appela d'un signe et me joignit dans l'arrière-cour :

— Monsieur Wendall! Que va-t-il se passer? Voilà deux jours que monsieur s'enferme dans son cabinet, que madame furette par tous les coins du presbytère. Pour mettre en ordre, qu'elle dit! Mettre en ordre, quoi? N'y a pas de taudis chez nous. Serait-ce bien possible? Faudrait-il quitter la Manse? J'ai une fameuse envie de parler à M. Barrie, de lui déclarer

ce que j'en pense, moi! Sir John Mc Lelland a été
ici, pas plus tard que hier au soir! Et, quand il traversait le corridor pour s'en aller, savez-vous ce
que je lui ai entendu dire, des deux oreilles que
voici? — « Monsieur Barrie, par amour pour nous
tous, par amour pour votre famille, pour vous-
même, pour l'Eglise de nos frères; par amour
pour Celui qui veut que tous ses enfants soient *un;*
réfléchissez avant de diviser le corps de Christ!
Monsieur Barrie, mettez en pratique le texte que
vous développiez l'autre dimanche! « *Ne vous laissez
pas emporter à tout vent de doctrines!* » — Voilà ce
qu'il a dit, et voilà ce que j'appelle parler. Aussi,
quand M. Barrie, après avoir accompagné sir John,
est repassé devant ma cuisine, je n'ai pas pu me
tenir de l'arrêter : — « Sir John est un homme de
bon sens, monsieur! que j'ai fait : un seigneur qui
nous a toujours montré de l'amitié! Excusez-moi,
monsieur, mais j'espère que vous suivrez ses conseils. » — Le croirez-vous, M. Wendall, mon maître,
avait les yeux pleins de larmes! J'étais si saisie que
j'aurais pleuré moi-même. A présent, M. Wendall, pas de temps à perdre! Vous allez vous y
mettre. Quitter la Manse, l'église, le potager! Merci
de moi! Si j'étais le pasteur, M. Wendall, je ne
m'en irais pas, non, bien sûr, avant qu'un régiment
de dragons vienne me mettre à la porte! Et vous
verriez comment je les recevrais! — Là, vite, le
voilà justement qui tourne avec Madame, de ce côté!

— J'essayerai, Bess. Mais je doute.....

— Essayer! Essayer! Il ne s'agit pas d'essayer!
Il s'agit de dire les choses, clair et net.

Pour dire clair et net les choses, mam'selle Bess,
il aurait fallu se former une opinion plus positive...
et plus conforme à la vôtre. Charger au galop
l'ennemi — était-ce un ennemi? — je ne me sentais pas assez solide en selle, pour exécuter le mouvement.

Tandis que, immobile, en proie au vague malaise
qui naît d'une situation complexe, oppressé sous le
poids des événements prochains, je réfléchissais,
sans y voir beaucoup mieux; le soleil, baissant à
l'horizon, répandait sur la terre ses plus royales
splendeurs. C'était un de ces instants glorieux, où
elle semble retrouver toutes les majestés, toutes les
fraîcheurs d'Eden. A mes pieds, un tapis de jon-
quilles, de narcisses, d'anémones, de boutons d'or;
plus loin, les prairies émaillées de blanches marguerites, de sauges bleues, de rouges sainfoins;
la rivière argentée par delà; des nuages incarnats
embrasaient les collines; la brise du soir promenait
le parfum des terrestres amphores. Oui, je le sentais avec Bess : quitter cela, il y avait de quoi
pleurer.

M. et Mrs. Barrie s'approchaient cependant.

Tous les trois, après un serrement de main, nous
contemplions en silence :

— « Qui ne combattrait pour une telle patrie? »

m'écriai-je, répétant presque à mon insu, le cri de *Marmion* [1].

M. Barrie tressaillit, et, comme se parlant à lui-même :

— Au dehors la bataille, au dedans les perplexités ! — Il se tourna vers moi : — Je me rends à Edimbourg, Robert ! Un voyage décisif, pour moi et les miens. — Sa voix était calme, son œil résolu : — Selon toute probabilité, je reviendrai.... séparé de l'Eglise établie d'Ecosse !.... Et je ne serai plus le pasteur de Blinkbonny. Pardonnez-moi, Robert ; l'émotion.... — Il se détourna.

Bess m'avait suivi : A vous ! attaquez ! — Sa noire prunelle, fixée sur moi, semblait dire cela.

Je hasardai quelques-uns de ces arguments banaux, qui ne persuadent pas plus l'auditeur qu'ils n'ont convaincu l'orateur. Ah certes ! pas besoin du muet sourire de M. Barrie, pour m'en démontrer la faiblesse !

— A Dieu ne plaise ! — me hâtai-je d'ajouter : A Dieu ne plaise que je pousse l'audace, jusqu'à émettre un avis. Si votre conscience vous ordonne de rompre, monsieur, plus d'un vous suivra.... et le Seigneur y pourvoira.

Il y en avait trop, ou plutôt trop peu pour Bess. Incapable de se contenir plus longtemps :

— Bien sûr ! — fit-elle, s'adressant à moi : Bien

1. *Poème. Walter Scott.*

sûr, le Seigneur y pourvoit, quand c'est raisonnable
qu'il y pourvoie! Mais quel bon sens, quelle *religion* y a-t-il, à quitter une paroisse qu'il nous a
confiée; une Manse dans laquelle il nous a placés,
soutenus, bénis, fournis de tout : paix, joie, prospé-
rité; pour aller où, s'il vous plaît? Avant de fermer
la porte derrière soi, j'en voudrais voir une, ouverte
devant, tout au moins! Et qu'est-ce que vont devenir Mrs. Barrie, les enfants, le jardin, les poules,
la vache? Et puis! — ici la voix de Bess s'attendrit,
elle regardait le cimetière : — Et puis, petite
Nelly?

À ce nom, M. Barrie baissa la tête. Sa femme
saisit Bess par le bras :

— Venez! lui dit-elle : Monsieur Wendall désire,
sans doute, s'entretenir avec mon mari.

Calmer Bess n'était pas chose aisée. Une fois
hors des gonds, — ce qui arrivait rarement, Dieu
merci! — la brave fille n'y rentrait pas sans peine.
Mrs. Barrie le savait. Elle le savait en outre, la
sympathie avance plus les affaires que les plus
forts arguments; aussi :

— Oui, Bess! abandonner la paroisse, le presbytère, ce serait une dure épreuve.... je le sens comme
vous.

— Et un terrible risque! Oh Ma'am! ne laissez
pas le maître se précipiter comme ça! Représentez-
lui!.... Il vous écoutera, vous!

— M. Barrie a un meilleur conseiller que moi,

Bess, un guide plus sûr. Sa conscience lui montrera le droit chemin. Où elle le mènera, j'irai.

— Et moi aussi, Ma'am.

— Merci, Bess, pour cette bonne parole! — Quelques minutes s'écoulèrent : — Nous sera-t-il possible de vous emmener? — reprit Mrs. Barrie d'une voix altérée : Nos ressources, si fort réduites, nous le permettront-elles?.... Dans le cas où elles nous en laisseraient la liberté, vous avoir avec nous, chère, brave, secourable Bess, ce serait un vrai bonheur! Sachez-le bien.

Pour le coup, Bess crut que la terre s'effondrait. Quitter le presbytère! elle avait déjà peine à en supporter la pensée. Se séparer de la famille, de ceux dont elle partageait depuis douze années les détresses et les joies, de ceux auxquels elle s'était si bien identifiée, qu'elle n'avait d'autre intérêt en ce monde que les leurs! Voilà qui dépassait tout.

Bess demeurait atterrée.

On ne sait par quelle explosion se fût exprimée sa douleur — ou mieux, son indignation — si Daisy, juste à ce moment; Daisy, pour la première fois oubliée, ne lui eût rappelé, par un mugissement angoissé, qu'il était grand temps de la traire.

— Oui, oui, Daisy! cria Bess : Patience! j'arrive!

Elle courut chercher le sceau, le rinça, le plaça méthodiquement entre ses deux genoux, et, une fois installée, suivit tout haut avec Daisy, sa con-

fidente habituelle, le cours des pensées qui l'op-
pressaient.

Daisy témoignait d'ordinaire, par un petit coup
de queue, ou de langue, ou l'expression réfléchie
de ses grands yeux, la sympathie qu'elle accordait
aux émotions de Bess. Ce soir-là, le sujet était-il
trop abstrus? Bess, fiévreuse, n'exposait-elle pas
ses griefs avec assez de précision, devant ce cerveau
classiquement encorné? la brusquerie inusitée des
mouvements de notre héroïne, jetait-elle le trouble
dans cette intelligence, mal exercée aux questions
théologiques? Le fait est que Daisy, au lieu des
paisibles démonstrations journellement octroyées
à son amie, tordait les oreilles, tournait impatiem-
ment la tête, et fixait sur Bess un regard hébété.

— Que veux-tu, ma pauvre fille! — dit celle-ci,
emportant le sceau plein : — Nous n'y compren-
drons jamais goutte, ni toi ni moi!

Je n'entrai pas, notre promenade achevée, chez
M. Barrie, bien qu'il m'en pressât :

— Je vous laisse à vos préoccupations! lui dis-je.
D'autres que moi les partagent, soyez-en certain.
D'autres que moi prieront. Eux et moi, nous allons
attendre, profondément angoissés !.... Puis-je vous
servir à quelque chose?

Il secoua la tête :

— Robert, vous serez le premier prévenu de ma

décision. — Il avait passé son bras sous le mien,
nous traversions les carreaux plantureux : — La
paroisse de Bess! — fit M. Barrie avec un triste sourire : Il lui en coûte de se la voir enlever. Bonne,
courageuse Bess!

Comme nous arrivions devant le portail, M. Barrie se retourna; il embrassa d'un long regard la
Manse; le home où il était arrivé jeune homme, où
il avait amené sa jeune femme, où s'était épanoui
son bonheur, qui avait abrité le berceau de ses
enfants; cette église, dont les murs depuis si longtemps l'entendaient annoncer la parole de Dieu; ce
cimetière, où reposaient, à côté de son agneau chéri,
tant d'humbles croyants, qu'il avait accompagnés
à travers le ténébreux passage.

L'heure était solennelle. Je demeurais taciturne.
M. Barrie, perdu dans ses réflexions, s'attardant à
chacun des souvenirs que réveillaient en lui cette
pierre, ce chêne, ce pli du sentier, prononçait de
temps à autre quelques phrases entrecoupées :

— Oui, belle, pure, innocente! Avec Christ....
beaucoup meilleur!

Soudain : — Robert Wendall! — s'écria-t-il : La
sagesse humaine me dit.... de rester où je suis! Je
ferais tout, croyez-le, pour éviter une rupture dont
nul ne saurait mesurer les conséquences. Tout! sauf
de sacrifier les droits de l'Église. Faire cela, Robert,
ce serait trahir mon Maître. Pour dur que me soit
l'ordre, j'obéirai. J'ai sérieusement examiné : le

commandement est positif. J'entre dans la nuée. Avec le secours de Dieu, j'y marcherai par la foi.

Une telle noblesse, une telle vaillance, une si énergique résolution se lisaient sur les traits de M. Barrie, que je me sentis, moi aussi, saisi d'enthousiasme pour cette sainte cause, à laquelle il allait tout immoler.

Transfiguré, le front lumineux, ce n'était plus l'homme affaissé de tout à l'heure, mais un chevalier sans peur, solide, qui avait sondé le péril et que le péril n'effrayait pas :

— La bataille appartient au Seigneur! murmurai-je : Bon courage! Luttons pour la vérité, pour notre peuple, « pour les villes de Dieu! »

— Amen! fit M. Barrie.

Je lui avais tendu la main, il me rendit mon étreinte; puis, essayant encore un sourire :

— Peut-être deviendrai-je votre locataire. Knowe Park, vous savez!

— Knowe Park, monsieur, se tiendra prêt à vous recevoir. Je regrette seulement que la résidence ne soit pas plus digne de vous!

— Pourvu qu'elle ne soit pas trop belle pour nous!...

Là-dessus, nous nous quittâmes.

Je marchais absorbé, profondément ému, lorsque sir John parut au tournant de la route. Nous n'avions, lui et moi, jamais échangé autre chose

qu'un coup de chapeau. S'arrêtant, à ma grande
surprise :

— J'arrive de votre bureau, monsieur Wendall,
s'écria-t-il ; j'ai appris là que vous étiez chez le pasteur, je suis venu au-devant de vous. Pouvez-vous
me donner quelques instants ?

—Je suis à votre disposition, sir John.

— Bien. Prenons ce chemin écarté. — Et sans
plus long préambule :

— Vous êtes intimement lié avec M. Barrie... —
Je fis un signe affirmatif. — Ai-je besoin de vous
dire que nul ne l'estime plus que moi ? Comme prédicateur, il s'élève fort au-dessus de la moyenne ;
comme pasteur, difficile de l'égaler. En outre, parfait gentleman ; érudit, aimable, cordial. Mrs Barrie : la distinction même. Leurs enfants : de vrais
bijoux.... et tenus, élevés ! La paroisse, le comté
même, ne renferment ni un couple ni une famille
comparables aux habitants du presbytère. Tous,
monsieur Wendall, nous savons, nous sentons cela !
Mais pourquoi faut-il qu'un homme de si grand
sens se laisse entraîner par ces *Evangélistes*, ainsi
qu'il leur plaît de s'appeler (avec une outrecuidance
de mauvais goût pour le moins), comme si eux
seuls, possédaient la doctrine évangélique ! Comme
si eux seuls, étaient embrasés du feu sacré ! — Un
sourire ironique passa sur les lèvres de sir John. —
Modérés ! ils appliquent, non sans dédain, l'épithète
à leurs adversaires ! Ils oublient ceci : l'ordre pro-

mulgué par la sainte Ecriture : « *Que votre* MODÉ-
RATION *soit connue de tous* [1] ! » Or ces schismatiques,
ces agitateurs, ces *Évangéliques*, non contents de
s'octroyer un brevet de fidélité supérieure, lèvent
hardiment l'étendard de la révolte ! — L'Église en
danger, le pouvoir de l'Église usurpé, les droits du
chrétien foulés aux pieds, tel est leur cri ! — Là-
dessus, messieurs les *Evangéliques* d'attaquer conseils presbytéraux, lois, gouvernement, privilèges
des seigneurs : l'ensemble des institutions qu'ont
sanctionné les siècles ! Leurs chefs, déterrant je ne
sais où (procédé ignoble) deux ou trois cas fâcheux,
exceptionnels, pour les porter devant les tribunaux
(l'exception confirme la règle, vous savez) y ont
rencontré la justice, c'est-à-dire la défaite. Il n'en
fallait pas davantage pour déchaîner l'*odium theo-
logicum*, la plus *odieuse* des passions. Et voilà des
ministres, voilà des chrétiens, qui, au lieu de pro-
curer la paix, au lieu d'obéir à la loi, au lieu de « respecter les dignités et les puissances, » se déclarent
résolus, si le gouvernement ne se SOUMET pas, à déchi-
rer l'Eglise d'Écosse ! La loi leur donnant tort, ces
modèles du troupeau jettent la loi par-dessus bord !

Sir John s'essuya le front ; puis d'un ton plus
calme :

— Ce que je ne parviens pas à comprendre, pour-
suivit-il, c'est l'aveuglement des pasteurs qu'enfiè-

---

1. *Philip.* IV, 5.

vre le mouvement révolutionnaire. Leurs droits!
Mais qui les maintient, ces droits ; qui les protège?
qui les défend? Ce gouvernement même et cette
organisation, objets de leurs attaques. Et savez-vous
quelle étincelle a mis le feu aux poudres? Excitées
par les meneurs, quelques paroisses ont refusé, positivement, le pasteur légalement promu, qui venait
prendre possession ! Et l'incendie est lâché! Et notez
ceci que, dans l'Eglise d'Écosse, pas un pasteur, pas
un seul, n'est consacré sans avoir suivi la filière des
études, subi des examens rigoureux, obtenu le suf-
frage de professeurs émérites (lesquels ne badinent
guère, je vous l'affirme), prêché enfin, sermons
après sermons, sur des textes fournis par les auto-
rités presbytérales. Sont-ce là des garanties, oui ou
non? Qu'imaginer de plus ou de mieux pour fermer
la carrière ecclésiastique à l'indifférence, à l'incapa-
cité, au calcul ? — Le lord, le grand propriétaire
auquel affert le droit (et l'obligation) de pourvoir
les postes vacants sur ses domaines, n'est-il pas
intéressé à opérer le meilleur choix parmi les postu-
lants, puisque lui-même se sait destiné à en entendre les homélies? Eh bien, c'est à ne pas le croire :
nos *Evangéliques* réclament, pour les membres du
troupeau, sans distinction, ni de rang, ni d'éducation, ni de fortune, ni de rien.... le droit de rejet!
— Voyez-vous d'ici les intrigues? Voyez-vous les me-
nées? Envisagez-vous le résultat ? — Préventions,
mauvaise humeur, ignorance, caprice, radicalisme

aidant, les *membres du troupeau* déclareront insupportable le débit du pasteur nommé, sa prédication insuffisante, sa doctrine douteuse ! Et voilà l'avenir d'un honorable ecclésiastique compromis à jamais ! — Qu'on préfère ce despote ignare, taré : la faveur publique ; à l'autorité constituée, légale, impartiale ! pareille aberration chez des hommes d'esprit, me laisse confondu. — Quant aux conséquences, je puis, sans être prophète, les esquisser d'un trait : Joutes oratoires, dans lesquelles celui des aspirants qui débitera le plus ébouriffant discours, celui qui fera le mieux pleurer les bonnes femmes, celui qui chatouillera le plus habilement les vanités de son auditoire, l'emportera sur l'homme sérieux, dont la sobre éloquence visera l'âme et non les nerfs ! Nos candidats, au lieu d'une étude approfondie du sujet, prépareront deux ou trois prêches à sensation, qu'ils iront débiter, non plus devant une assemblée difficile en matière de jugement, de savoir, de tact, de poids ; mais devant un aréopage mêlé, passionné, prévenu, qu'il s'agit de prendre par son faible.... j'allais dire par son dada ! — Et les orages, et le brasier des querelles, et le venin des antagonismes !

— J'invente, pensez-vous ? Regardez les congrégations dissidentes. Assistez à une élection de pasteur. Écoutez ces attaques et ces ripostes. Suivez ces mines et ces contre-mines. Observez le calcul des voix, tout comme au scrutin politique. Très édifiant, en vérité ! — J'en sais une, tenez, qui, parmi ses

membres les plus influents, a l'insigne honneur de
compter un individu de rien, un drôle, que sa paresse, jointe à ses manies brouillonnes, a plongé
dans la misère. On l'a surnommé BAVARDEAU ; le
nom, vous en conviendrez, n'indique pas un très
grand respect pour l'homme. Or, une élection sur-
venant, congrégation rassemblée, discussion ouverte, maître Bavardeau s'empara de la parole
(c'était il y a quelques mois) et ne la lâcha plus :
« Président, je propose ceci; président, je m'oppose
à cela! président ci, président là! » si bien qu'un
des diacres, indigné, le remet à sa place. Vous
croyez l'incident clos? Vous comptez sans le système. Maître Bavardeau d'invoquer son droit; le
conseil, mis en demeure, lui donne raison, et tant
pérore maître Bavardeau, qu'il dote son église d'un
pasteur.... (sir John haussa les épaules). Nulle crainte
qu'on le lui enlève, vous pouvez m'en croire!

Pasteur, congrégation, Bavardeau, je connaissais
tout. Un sourire répondit à mon interlocuteur.

— Étonnant! reprit sir John, possédé de son
sujet : Stupéfiant! cet empire d'énergumènes tapa-
geurs (quelques-uns braves gens, je ne dis pas le
contraire) sur un esprit aussi lumineux, un jugement aussi éprouvé que le jugement et l'esprit du
révérend M. Barrie! — Et les raisons ne servent de
rien.... les miennes s'entend. Vos arguments, monsieur Wendall, rencontreraient meilleure fortune
peut-être. Avez-vous essayé? Vous a-t-il répondu?

En quelques mots, je relatai notre entrevue et sa conclusion.

Sir John laissa échapper un geste de colère :

— Folie, pure folie! C'est un suicide social, la ruine du pasteur, la ruine de sa famille, celle du troupeau. En l'honneur de qui, de quoi? D'une chimère, d'un fantôme. — Que ne restent-ils dans l'Eglise, ces purs? Que n'emploient-ils les voies constitutionnelles pour réformer les abus?.... si abus il y a! — se hâta d'ajouter le baronnet : — L'Eglise d'Écosse voit se dérouler un glorieux passé derrière elle; l'avenir lui appartient, non moins riche en splendeur. Ils ont juré de la servir, et c'est ainsi, en la déchirant, qu'ils tiennent parole! Si au moins ils attendaient du temps, ce qu'ils prétendent arracher à la surprise! Dans un corps aussi compliqué que l'est notre *Eglise établie*, monsieur Wendall, les réformes ne s'improvisent pas. Longuement étudiées, elles s'opèrent graduellement : marche lente, conquête sûre ! —Autre anomalie (le baronnet s'était arrêté, il m'avait saisi le bras)! Les chefs du mouvement, l'avez-vous remarqué, monsieur Wendall, appartiennent, presque tous, à l'élite du corps ecclésiastique. Bien plus, la plupart d'entre eux combattaient hier, les idées qu'ils propagent aujourd'hui. Feront-ils volte-face encore une fois? Ce beau feu, durera-t-il ce que durent les feux de paille? Les verrons-nous revenir tête basse, nos transfuges, criant *peccavi*; s'inquiétant fort peu des moutons

qu'ils ont mené perdre ; demandant, mains jointes,
à être réintégrés dans leurs paroisses ? — Je m'y attends. Quoi qu'il en soit, le gouvernement a eu
un tort, je le reconnais : il les a trop grassement
traités ! L'appétit leur est venu en mangeant. Messieurs les révérends veulent bien, et du poste, et
des honoraires, mais non des clauses du contrat.
La liberté sans contrôle, les avantages sans condition, un despotisme sans appel, voilà ce qu'ils rêvent !
Le songe ne se réalisera pas. Nul gouvernement,
digne de ce nom, n'accordera cela.

Sir John se tut. Je croyais qu'il avait terminé !
Mais non : une idée subite le saisit.

— Ces gens ont pris un beau titre : *Non intrusionists.* Qui est l'*intrus*, en bonne règle ? Faites-moi
l'honneur de me le dire, monsieur Wendall ? Un
propriétaire dans ses domaines ? un homme dans
sa maison ? une mère dans la *nursery ?* un gouvernement dans le pays qu'il administre ? ou le bra-
connier qui vient tirer les faisans du Lord, le filou
qui crochette les serrures du logis, la bohémienne
qui enlève les enfants pour les faire *élever* dans son
campement zingare ? — Vos *Non intrusionists !* autant de braconniers, de filous, de bohémiens, de ....
— Tant pis pour l'État, auquel ils doivent tout ;
pour le propriétaire, qui leur fournit vivres et couvert ! C'est toujours la vieille histoire : ôte-toi de
là que je m'y mette. Elle m'écœure. Monsieur
Wendall, les procédés de ces gens-là sont révoltants,

leurs sophismes dégoûtants. Qu'ils prennent Judas
pour patron, Hérode pour roi; et n'en parlons
plus!

On s'étonnera de mon silence. Pas question de
placer un mot. Sir John avait coutume, et de pérorer, et d'être écouté : une fois les bondes lâchées,
adieu les digues.

— Pardon! reprit-il. Je m'emporte. — Monsieur
Wendall, voilà ce que nous vaut votre fameux suf-
frage universel! (Sir John, on s'en doute, était un *tory*
renforcé.) Donnez, qu'il s'agisse de l'Eglise ou de
l'État, droit de vote à certains individus, vous leur
tournez la cervelle.... si tant est qu'ils en aient une;
vous en faites des satrapes, des enragés, des.....
Mais je m'adresse peut-être à un *whig*! Encore
une fois, pardon! Ne mêlons pas la politique à nos
débats; l'incendie n'a pas besoin de fagots!

Sir John, encore une fois, s'essuya le front :

— Et vous pensez que M. Barrie va rompre avec
l'Eglise?

— J'en suis certain, sir John. Il part demain pour
Edimbourg, accompagné d'un collègue : M. Walker,
de *Middlemoor*.

— M. Walker? Un homme pratique, un homme
rassis! Celui-là n'ira pas courir après les feux follets.
Il soufflera dessus, tout en fumant sa pipe, et reviendra pasteur officiel de Middlemoor, comme devant. — Bien, bon cela, qu'il accompagne M. Barrie! Il le contraindra d'envisager la question sous

son vrai jour : les intérêts domestiques, monsieur Wendall, la femme, le home, les enfants, l'avenir, totalement éclipsés à cette heure, dans le ciel de notre saint ! Que la séparation s'opère, alors tonneront, mais trop tard, sur la tête des dissidents, ces foudroyantes paroles : « Si quelqu'un n'a pas soin des siens, principalement de ceux de sa famille, il a renié la foi ; il est pire qu'un infidèle ! »

Je ne pus retenir un soupir.

— Désolant, navrant ! Impossible de s'irriter contre M. Barrie ! Mais si je ne lui en veux pas, à lui, j'en veux à ses principes : JE LES DÉTESTE. Par bonheur, M. Walker sera là. Moi aussi, après-demain, je me rends à l'assemblée. Je verrai M. Walker, je lui parlerai !

Sir John, qui toisait le chemin à pas précipités, interrompit sa marche, tira sa montre, la regarda, puis :

— Est-il trop tard pour me présenter au presbytère ? demanda-t-il : Dormir là-dessus, je n'essayerai pas.

— Rien n'ébranlera la détermination de M. Barrie, sir John.

— Vous avez peut-être raison. Voir M. Walker, quelques amis du pasteur, oui, c'est cela. Et travailler avec eux à le sauver, malgré lui s'il faut, de... du... (ici le baronnet hésita), du désastre absolu, total, irrémissible !

Les deux mains du baronnet s'étaient avancées,

il étreignit les miennes, les secoua vigoureusement :

— Adieu ! excusez-moi de vous avoir attardé ! Je
vous transmettrai les nouvelles. — Puis il jeta un
regard vers la Manse, dit : Effroyable cauchemar !
— et disparut.

Si avancée que fût l'heure, je donnai un coup
d'œil à Knowe Park. Tout y marchait rondement.
Eperonnés par mes visites journalières, les maîtres
de métier s'étaient distingués. La maison prenait
bonne tournure, les plâtres séchaient grand train ;
le verger, dont nul n'avait molesté les arbres, renfermait force pommiers, poiriers, pruniers en plein
rapport. Au potager, les transfuges de la Manse :
laitues, pois, fèves, choux, raves et pommes de terre,
eussent excité les jalousies de Bess. Il n'y manquait,
pour les mener à bien, que son expérience avec son
activité ; or cela, je le sentais d'instinct, ne tarderait
pas à venir.

Mes récits, vous vous en doutez peut-être : événements, question d'Eglise, nous tinrent éveillés,
Agnès et moi, une bonne partie de la nuit.

Qui voyait juste ? Sir John, ou M. Barrie ?

Hélas ! nos yeux avaient beau s'exercer, nos esprits s'aiguiser, ils ne parvenaient pas à transpercer
le brouillard.

Mistress Barrie!... les enfants!... la paroisse!... une ardente supplication !

Et que vous dirai-je, le sommeil eut raison de nous.

V

BLINKBONNY ET LA SÉPARATION

C'en était fait : M. Barrie avait quitté l'Eglise nationale d'Ecosse.

Une lettre de sir John à son intendant, chargeait celui-ci de me l'apprendre.

Etrange composé que cette épître! Stupéfaction, attendrissement, colère, tout s'y mêlait. J'en repliais le feuillet, lorsque Bess, cramoisi, hors d'haleine, se précipita chez moi.

— Là! Monsieur Wendall! cette fois, y a pas à dire! Va falloir déménager pour de bon! M. Barrie... l'Eglise... nous n'avons plus le droit de rester à... au... où nous sommes. Je ne voudrais pas être le gouvernement qui mettra M. Barrie à la porte! Non, je ne voudrais pas. Patience! Quelque Mardochée se lèvera bien, pour nous faire rendre justice! Quelque Néhémie, pour parler au Roi et à

la Reine! Ceux qui viendront nous chasser de chez
nous, pourraient bien trouver l'ennemi caché dans
le jardin, comme Achab dans la vigne de Naboth!
Jour de ma vie! Quel monde!

L'intendant de sir John, debout à mes côtés, attendait le pli du baronnet :

— Calmez-vous, ma brave fille! — fit-il du haut
de sa grandeur : — M. Barrie dût-il persister dans
une résolution.... funeste, nul ne le *chassera*. Peut-
être même, lui sera-t-il permis de rester... de pro-
longer... jusqu'à la nomination..... de son rempla-
çant.

— Tout ça est bel et bon! Il n'en faut pas moins
déguerpir! — grommela Bess, sans accorder un regard au solennel employé. Puis, se tournant vers
moi :

— Ma'am vous envoie ça! — dit-elle, me tendant
une enveloppe : Je descends à la cuisine; s'il y a
une réponse, je l'emporterai.

Ça, était un mot de M. Barrie. Il confirmait la
nouvelle, me priait de lui louer — à ma convenance
— Knowe Park, et m'annonçait son prochain retour.

J'appelai Bess.

— Voulez-vous, lui demandai-je, que nous allions
visiter Knowe Park? Inspecter la maison? Voir si
elle peut convenir à vos maîtres?

Bess fixa sur les miens ses yeux effarés.

Tout haut, elle parlait du départ. Elle disait : *Où*

irons-nous? — Tout bas, au fond de l'âme, elle n'en croyait pas un mot.

— Voyons, Bess, venez-vous?

Bess tressaillit, hésita, puis :

— Knowe Park! murmura-t-elle. C'est là que demeurait M. Taylor. Y a un vieux pommier, reinettes grises. Bon jardin. Pas laid, l'endroit. On y a bâti maison, grange? Eh bien, oui, puisqu'il *faut*, allons voir ça.

L'extérieur du cottage plut à Bess.

— Le logis va! — marmottait-elle entre ses dents, tout en faisant le tour de l'habitation : — Fenêtres au midi, belle vue.... Tiens! voilà mes *sements!* Si hauts que ça! Paraît que l'endroit leur convient.

Bess inventoria plus minutieusement l'intérieur. La Manse lui servait de type — de *Standard* — comme nous disons, nous autres Anglais. D'un coup d'œil, elle jaugea, compta, mesura :

— Bien. Voici la cuisine; grande, claire; bon! — Ah! vous avez acheté un de ces fourneaux à la mode? fameux, qu'on dit. Oui-dà! s'ils ne brûlent pas trois fois plus de charbon! — Qu'est-ce que c'est que ça? un garde-manger? — Et là? le buffet aux provisions? — Et ici? la huche? — Un trou pour la houille! pas mal imaginé.

Vint l'examen des appartements. Bess s'en montra satisfaite.... à peu près. La revue des chambres à coucher terminée :

— Et le cabinet de monsieur?

6

J'ouvris une pièce au nord. Bess, sans se prononcer, la parcourut du regard.

Quand je lui montrai le salon :

— Un salon ! Pour quoi faire ? Y a point de salon à la *Manse*, y a un parloir ! Vaut mieux réserver ça pour monsieur ! Ça fera son cabinet ! — A présent, allons voir les dépendances.

J'avais respecté jusqu'alors, cette portion de l'ancien bâtiment qui renfermait écuries, remise, buanderie, séchoir, étable, laiterie et le reste. Abattre, pour reconstruire sur un meilleur plan ? j'hésitais :

— Qu'en pensez-vous ? — demandai-je à Bess.

— Bâtir, encore ? Pour sûr que non. N'en avez-vous pas assez, d'empiler des cailloux et de vider la tire-lire ! Passez-moi trois couches de céruse sur ce mur ; mettez-moi une porte, ici, voyez ; des tablettes bien rabotées dans la laiterie ; une demi-douzaine de perches au séchoir ; ça suffira !... Et ce pré, de l'autre côté de la haie, à qui est-il ?

— Le pré va avec le cottage ; au service de M. Barrie.

La figure de Bess s'éclaira.

— Vrai ? Je pourrai prendre avec nous Daisy, les poules, le porc ?

— Certainement.

Dès cette heure, la cause de l'Église libre d'Écosse, si elle ne triompha pas dans l'esprit de Bess, y rencontra moins d'opposition.

— Oui, oui ! murmurait-elle : Y aura moyen de

s'arranger. Ce n'est pas la *manse*, non! Ce n'est pas la Manse! (Quel palais égalait la *manse* aux yeux de Bess?) Mais enfin, mieux vaut coucher sous un toit que sous une meule! — Au revoir, monsieur Wendall! Bien obligé! Vous aurez d'honnêtes gens pour locataires, c'est moi qui vous le dis.

Une sollicitude pleine d'anxiété, telle fut l'impression, qu'au premier moment, produisit dans Blinkbonny la démission du pasteur. Les autres faces de la question en pâlirent. Privé de ses honoraires, avec quoi vivrait M. Barrie et les siens? M. Barrie pouvait, ou n'y pas songer, ou dissimuler ses inquiétudes; les amis s'en préoccupaient, et les amis tremblaient :

— Résolution précipitée! disaient les uns. — Sérieux! fâcheux! disaient les autres. — Il en était qui, hochant la tête, grommelaient : — « Tu ne tenteras point le Seigneur ton Dieu! » — On tint des meetings, on opina, on pesa le pour, le contre, et l'on n'aboutit à rien. — Que faire? Comment accueillir le pasteur? Comment lui témoigner des sympathies, sans engager l'avenir?

Le retour de M. Barrie — arrivé depuis deux jours — n'atténua pas la difficulté.

Attendre qu'il s'avançât, lui envoyer une députation, telle était l'alternative.

Ce dernier parti l'emporta. Mais qui se rendrait au presbytère? qui attacherait le grelot? — Chacun, se récusant, y voulait envoyer le voisin... et l'on se regardait consterné.

Enfin M. Taylor, *ancien* d'Église, intègre, franc comme l'or, prit la parole :

— Messieurs, dit-il, tergiverser de la sorte me fait rougir ! Ce n'est à l'honneur, ni de notre dignité, ni de notre conscience, ni de l'affection que nous portons à M. Barrie. Finissons-en ! Deux ou trois d'entre vous, je pense, ne refuseront pas de m'accompagner chez notre pasteur : Monsieur Watson, monsieur Brown, monsieur Wendall, voulez-vous venir avec moi ?

Ceci tranchait la question.

Une lettre fut rédigée séante tenante, à cette fin de prévenir M. Barrie que, dès le soir même, quelques amis se présenteraient au presbytère. — La réponse, aussi touchante qu'elle était simple, revint avec notre messager :

« Je remercie Dieu, écrivait M. Barrie, de rencontrer si vite, grâce à votre bienveillance, grâce à votre loyauté, Messieurs, l'occasion d'exposer devant vous et ma situation personnelle, et la nature du conflit qui secoue l'Église d'Écosse. — Tous les visiteurs : ceux que froisse ma décision, comme ceux qui partagent mes vues, seront les bien reçus. »

Mis à l'aise par ces paroles cordiales, nous montâmes en tel nombre à la Manse, que notre phalange débordait le parloir.

Chacun s'attendait à voir M. Barrie, ou excité, ou

affaissé. Point. Une paix profonde, plus que cela, une joie intime et radieuse illuminait ses traits, tandis que je ne sais quèl attendrissement involontaire, communiquait à sa voix une émotion, qui bientôt nous gagna tous.

D'emblée, avec le plus parfait naturel — quel gré ne lui en surent point les chefs de notre ambassade, dont se torturait l'esprit pour découvrir par quel bout entamer le sujet! — M. Barrie nous raconta, phase après phase, les origines, le développement, la marche, l'éclat final de la crise actuelle.

Son point de vue, on le conçoit, ne ressemblait guère aux appréciations de sir John. Mais lui, notre pasteur, si contenu d'ordinaire, sa parole s'embrasa, une flamme jaillit de ses yeux, lorsqu'il décrivit cette séance à jamais mémorable où leur protestation articulée, leur déclaration faite : *Séparation absolue entre les droits de l'Église et de l'État;* les ministres de Dieu, par centaines, se levèrent, obéissant à leur conscience, et quittèrent l'assemblée! Et cette stupéfaction, de ceux-là qui restaient. Et l'attitude respectueuse du peuple, dehors, à mesure que s'avançait l'armée des hommes résolus dont grossissaient à chaque pas les rangs. Et ce conflit des impressions : joie, douleur, enthousiasme. Et cette marche solennelle vers *Tanfield Hall!*

De telles choses se sentent mieux qu'elles ne s'expriment. Qu'on m'excuse donc si, ne possédant pas l'éloquence de notre bien-aimé pasteur, je ren-

voie aux chroniques du temps, les lecteurs désireux
d'en savoir davantage.

— Maintenant! — dit M. Barrie, après un court
intervalle, durant lequel il avait semblé se recueil-
lir : — Maintenant, je vous en supplie, que nul ne
se rattache à la nouvelle Église par... par... — il
s'arrêta, comme s'il eût reculé devant l'expression
de sa pensée : — Hé bien oui, par affection pour
moi! Que chacun agisse, ici, selon sa conviction. Et
je tiens pour si fort sacrées les libertés de l'âme,
que mon respect est acquis, tout autant pour le
moins, à ceux d'entre vous, Messieurs, dont la voie
se séparera de la mienne, qu'à ceux dont la conscience parlera comme la mienne a parlé. — Frères! Chrétiens! placez-vous en face de la question.
Usez de votre jugement. Que Dieu éclaire votre
chemin !

Un silence impressif répondit seul. La gravité de
l'heure, son importance, nous possédait.

Au bout de quelques instants :

— Gentlemen! dit M. Taylor : vous venez d'entendre notre pasteur. Je ne puis parler qu'en mon
nom personnel, mais je le fais sans hésiter. J'ai lu
les journaux (grâce à vous, monsieur Smith; et vous
me rendez, en me les prêtant, un fameux service) :
J'ai donc lu les journaux, attentivement, et savez-
vous? je ne me suis jamais senti si fier de mon pays,
que le jour où j'ai vu quatre cents pasteurs, et plus,

posséder assez de courage, assez de foi, assez de
ténacité aux principes, pour sortir d'une Église qui
fléchit sous le bras séculier! — « A Dieu, ce qui
appartient à Dieu! » — Ceux-là l'ont compris; ils
ont obéi. — Et vous, comprenez-vous bien ce que
leur coûte le sacrifice? Paroisses, *homes*, émoluments, ils ont tout quitté. Braves cœurs! Déchirés
peut-être à cette heure, en présence du foyer... et
des berceaux!

Un gémissement étouffé vint souligner ces paroles.

M. Taylor l'entendit, releva le front, et d'un
ferme accent :

— Mais l'Écosse n'a pas oublié son passé. L'Écosse
n'a pas répudié l'esprit convenantaire. Elle caution-
nera ceux que j'appelle, moi, les martyrs de sa
troisième réformation. — Les abandonner! Les laisser se débattre contre les anxiétés de la pénurie!
L'Écosse ne fera pas cela. — Amis, je me déclare
prêt, pour ma part, à suivre notre pasteur, à entrer
avec lui dans l'Eglise libre de Christ, à l'appuyer de
tout mon pouvoir, et à l'aider selon mes moyens!

L'exemple de M. Taylor entraîna la députation
presque entière.

Une assemblée de paroisse, proposée par M. Barrie, votée d'un seul accord, fut fixée au prochain
samedi.

M. Barrie désirait placer les pièces du procès
devant elle, comme il les avait mises devant nous.

Le sérieux de l'examen, l'indépendance de l'action, voilà ce qu'il voulait pour tous.

Nous allions nous retirer :

— Frères, prions ensemble! — s'écria notre pasteur.

Debout, front découvert, nous entonnâmes le beau cantique :

« C'est un rocher que notre Dieu ! »

Puis la prière monta, fervente, intense, d'une majesté à nulle autre pareille.

Quand ce fut fini :

— Un mot, frères! dit M. Barrie : Je ne puis plus officier, en qualité de pasteur, dans le temple de l'État; ce n'est plus ma place. Je convie donc les fidèles... ceux qui désireraient m'entendre encore... à se rendre, dimanche, sur le pré communal : *Annie Green*. Je lirai l'Évangile, et je l'expliquerai.

Une chaude poignée de main échangée, la députation, plus unie que jamais à son pasteur, descendit l'avenue. Deux ormeaux en terminaient le tracé. Arrivé là, Georges Brown, notre doyen d'âge, qui s'appuyait au bras de M. Taylor, s'arrêta, se retourna, et quand nous l'eûmes rejoint :

— Amis! s'écria-t-il : Je suis votre aîné, à tous. Or je remercie Dieu, qui m'a fait voir cette journée. Je puis dire avec Siméon : « Laisse aller, Seigneur, ton serviteur en paix! » — Longtemps, j'ai pleuré sur nos affaissements, sur nos défections. Mais Dieu a étendu son bras. La ligne droite est devant nous.

Rappelez-vous les paroles de Moïse à Josué : « For-
tifie-toi et prends courage ; ne crains point, ne sois
point effrayé, car le Seigneur l'Éternel, celui qui
marche devant toi, sera Lui-même avec toi [1] ! » —
Quant à vous, enfants, ne regardez pas en arrière,
comme la femme de Lot ; ne tournez pas le dos à la
bataille, comme les fils d'Éphraïm [2] ; ne vous cachez
pas entre les barres de vos étables, comme Ruben [3] ;
ne vous tenez pas immobiles sur vos navires, comme
Dan [4]. — Souvenez-vous de ce qui se passait au
temps d'Aggée, quand les Israélites, s'inquiétant peu
de voir démoli le sanctuaire de l'Éternel, ne pensaient qu'à se donner du confort, chacun chez soi. Ils
semaient beaucoup, mais ne récoltaient guère. Ils
mangeaient, mais n'étaient pas rassasiés. Ils buvaient, mais leur gosier restait sec. Ils entassaient,
mais les sacs étaient percés. Huile, blé, vin, bétail,
la malédiction frappait tout. Or, au jour précis : le
vingt-quatrième du neuvième mois, où fut posée la
première assise du temple de Dieu, ce jour, la bénédiction de Dieu revint. Frères, souvenez-vous. — Si
vous retenez les dîmes et les offrandes, le châtiment
s'abattra, plus rigoureux que jamais. Frères, rappelez-vous Ananias ; rappelez-vous Saphira. Frères,
apportons sur l'autel les sacrifices de bonne odeur :

1. Deutér., XXXI, 7, 8.
2. Ps. LXXVIII, 9.
3. Juges, V, 16.
4. Juges, V, 17.

biens terrestres, amour, supplications. A qui agit
fidèlement, Dieu tient les promesses. La verge trouvera quiconque méprise Dieu !

En vérité, l'esprit des prophètes semblait inspirer Georges Brown, alors qu'il nous parlait de la
sorte, sous les grands chênes dont frémissait le
feuillage au vent du soir.

Pour la seconde fois, nos fronts se découvrirent;
pour la seconde fois, nos âmes, d'un puissant coup
d'aile, s'élevèrent jusqu'aux portes des cieux !

— Frères ! reprit doucement Georges Brown : Je
descends, vous le savez, de ce John Brown, de ce
charretier de Priesthill, que, pour avoir confessé
l'Évangile, Claverhouse étendit mort à ses pieds.
Le fauteuil du martyr, sa bible, sa table, sont en
ma possession. Je voudrais, si vous ne trouvez pas
l'acte trop présomptueux de ma part, les placer
devant notre pasteur, dimanche, sur la pelouse
d'*Annie Green*. Ils ont, lors du Covenant, servi à
Cameron, à *Peden*, à *Mac Millan*. Le sang des justes
y a laissé sa trace.... Consentez-vous?

Un OUI solennel répondit.

VI

LA SÉPARATION ET BLINKBONNY

Le bruit d'un meeting général, convoqué pour le samedi, *Beltane Hall*, se répandit vite dans la paroisse. Il devança les messagers, chargés d'en annoncer de logis en logis la nouvelle.

L'heure n'avait pas sonné que les habitants de Blinkbonny — la plus belle moitié soigneusement endimanchée — se dirigeait vers le lieu de réunion.

Sitôt les portes ouvertes, la foule s'entassa partout où pouvait se poser un pied. Marches de l'estrade, tablettes des fenêtres, corniches des piliers prises d'assaut, portaient des centaines d'auditeurs.

Un étranger, s'il eût parcouru la ville. eût pu se croire transporté dans quelque moderne Pompéi : pas une âme n'en traversait les rues.

M. Barrie traita, ce soir-là, d'une manière plus
saisissante encore, le sujet que l'avant-veille, il avait
exposé à ses amis.

Modéré, loyal, courtois envers ses adversaires, il
parla de sa personne le moins possible, humble-
ment toujours, réservant et le premier rang et la
louange aux chefs du mouvement : à leur énergie,
à leur conscience, à leur foi.

On sentait palpiter l'auditoire.

La conclusion du pasteur fut simple comme son
acte.

— Je vous dis adieu ! — fit-il. Sa voix était légèrement altérée : — Le ministre officiel de Blinkbonny
vous dit adieu. Mais du fond du cœur il ajoute : La
paix soit avec vous ! A quelque dénomination de
l'Eglise que nous nous rattachions désormais, puissent nos noms, tous, être inscrits au *Livre de vie !* —
Le droit de monter dans la chaire que j'ai si longtemps occupée, ne m'appartient plus. Mon succes-
seur n'est pas nommé, que je sache. Demain donc, je
prêcherai comme de coutume, midi et six heures,
sur les communaux d'*Annie Green*. J'espère... — ici
la voix de M. Barrie lui manqua —.... J'espère que
mon ancien troupeau, tout entier, viendra entendre,
non la parole d'un homme, mais la parole de Dieu.
Et ne craignez pas que votre présence là-bas, im-
plique une adhésion quelconque au mouvement.
Ce n'est autour, ni de tel individu, ni de tel drapeau
spécial, que nous nous réunirons dimanche : C'est

autour de la Bible, sous l'étendard de Christ, notre
unique chef à tous!

M. Barrie s'assit. Un silence absolu régnait.

Cette fois encore, Georges Brown le rompit, par
un de ces élans spontanés, qui répondaient à l'émotion générale :

— Frères! dit-il : Rude semaine pour M. Barrie!
Sérieuse semaine pour nous! Cette heure-ci, d'ordinaire, vous trouve en vos logis, occupés à préparer
le sabbat. Or, ce soir, vous avez tout laissé pour
venir écouter le pasteur. C'est bien. Mais ce n'est
pas tout. Une chose nous reste à faire : garder ces
paroles en nos cœurs et les méditer devant Dieu. —
J'indique le psaume XXIX!

Et le vénérable vieillard, suivant l'habitude qu'il
avait contractée dans sa vie solitaire : lire tout haut,
strophe après strophe, ses cantiques favoris, récita
le premier verset :

> Fils des princes, rendez à l'Eternel,
> Rendez à l'Éternel, la gloire et la force!

Puis, de sa voix chevrotante, il en jeta les notes,
bientôt soutenues par cinq cents voix!

M. Barrie avait prononcé la bénédiction finale.
L'auditoire, toutefois, semblait ne pouvoir se résoudre à partir.

Georges Brown, s'avançant alors, étreignit la

main du pasteur. Chacun s'approcha, chacun saisit les mains de l'ami, du consolateur, du conducteur fidèle, tous! jusqu'à la pauvre Bess, qui, malgré d'héroïques efforts pour contenir ses larmes, s'en fut, sanglotant dans son mouchoir à grands carreaux :

— La délivrance de l'Eternel.... l'eau découlant du rocher.... les cinq pains et les deux poissons! — l'entendait-on bégayer à travers ses pleurs.

Le dimanche matin, pas un nuage au ciel. Le soleil s'était levé radieux ; verte s'étendait la prairie ; au-dessus, s'arrondissait le dôme azuré.

Nul temple plus merveilleusement beau!

Mais quelqu'un, ce matin-là, n'était pas à l'aise : Notre sacristain-marguillier-fossoyeur, *Guy Sinclair*, le mari de Peg.

— Pensez donc! — lui avait dit sa voisine, Janet Gawdie, promue au balayage hebdomadaire du temple : — Pensez donc! Comme je finissais, hier soir, ne viennent-ils pas, les uns après les autres, *ramasser* leurs livres! Et qu'ils prendront peut-être encore leurs chaises avec leurs tabourets! Moi que je m'étais donné un *tintoin* pour nettoyer l'église! Ils me l'ont bien rangée, là! Et puis, ne prétendent-ils pas qu'il n'y aura point de sermon! Que M. Barrie prêchera sur les communaux! Un scandale! — Au jour d'aujourd'hui, le monde va fichument.

Guy, la diplomatie en personne, s'était soigneusement gardé de paraître au meeting du samedi :

— Un homme investi de fonctions publiques,
murmurait-il, doit mesurer ses pas. Séparation,
discussions, nouveautés! — il branlait la tête. —
Qui sait comment tout ça va finir? Au bout du
compte, si M. Barrie quitte la paroisse, on le regret-
tera, oui; car c'est un digne homme, un brave
pasteur. Mais comme qu'il en tourne, le cimetière
restera cimetière, les gens n'en mourront ni plus ni
moins. Qui filera le premier? nationaux, sépara-
tistes? Ma foi, je ne veux me mettre personne à
dos. Il s'agit de ma place, du pain de mes enfants.
C'est ma religion, ça!.... Faudra voir.

Nager entre deux eaux, le procédé est aussi vieux
que notre planète; seulement, il se compliquait,
pour Guy, d'une question imminente et délicate :
— Sonnerai-je — bougonnait entre ses dents notre
fin matois — sonnerai-je la seconde cloche, *celle
du sermon*, à midi, ou ne la sonnerai-je pas? La
cloche de dix heures, la *première*, qui prévient le
public d'avoir à se mettre en règle, nul doute.
Un dimanche est un dimanche. Que les ouailles se
chamaillent ou s'embrassent, le sacristain peut,
sans se compromettre (il doit même), rappeler aux
paroissiens l'obligation de se vêtir proprement. —
Mais la *seconde*..... la SECONDE?.... A quoi bon la
sonner, s'il n'y a pas de prédication *dans le temple?*
— Et, d'un autre côté, prendre sur moi de ne la pas

mettre en branle.... il pourrait m'en cuire. — Demander conseil! A qui? A M. Barrie? M. Barrie prétend qu'il n'est plus notre ministre. Au régent? jamais ça ne s'est vu. Bah! je vais passer vers la cure, m'informer tout doucement, sans faire semblant de rien, s'il y a du nouveau : un baptême, une convocation!....

D'ordinaire, la grosse Bible, le Psautier, attendaient sur la table du parloir que Bess, voyant venir le sacristain, les lui remît, afin qu'il les plaçât dans la chaire, vis-à-vis du pasteur. Guy Sainclair tira donc ses cloches, dix heures sonnant, puis, selon son habitude, se dirigea vers le presbytère. Au lieu d'entrer néanmoins, notre habile homme biaisa, rusa, courut des bordées, jusqu'au moment où Bess l'avisant :

— Et! Guy! Les livres!.... Ah! tiens! Moi qui oubliais!

— Dites donc, Bess! Je venais voir si?..... Monsieur a peut-être quelque chose à m'ordonner... avant.... avant que je sonne pour midi. Si vous alliez vous informer....

Bess, poing sur la hanche, yeux fixes :

— M'informer? de quoi? Y a ni livres ni rien! Déranger monsieur, dans son cabinet, un dimanche matin, pour ça non!

L'obligeante Bess, néanmoins, s'en fut trouver sa maîtresse :

— Ma'am, y a là Guy Sinclair....

— Eh bien ?

— Qui demande comme ça ?... Voyez-vous, Ma'am, je crois qu'il a envie de savoir..... sans avoir l'air d'en avoir envie, s'il doit sonner la cloche de midi ?

Mrs. Barrie réfléchit un instant. La cloche de midi ? Interrompre le pasteur dans sa méditation ! impossible :

— Dites au sacristain de faire, sauf contre-avis, ce que bon lui semblera.

Un peu plus tard, Mrs. Barrie frappait à la porte de son mari :

— C'est l'heure ! — murmura-t-elle de sa voix caressante. Puis, tandis qu'elle lui présentait la robe tout unie des pasteurs presbytériens : — Sonnera-t-on les cloches ? Guy Sinclair ne sait trop quel parti prendre.

— Les cloches ? Sonner les cloches ? Je n'y avais pas songé. Qu'en pensez-vous, chérie ?

— Moi ?... j'ai presque tranché la question.

— Oui ?

— En laissant à Guy le soin de la résoudre.

M. Barrie sourit :

— Machiavel ne s'en fût pas mieux tiré !

Guy Sinclair, qui n'était pas Machiavel, s'en tira, lui aussi : — N'éveiller l'attention, pensait-il, ni d'une façon ni de l'autre, c'est le commencement de la sagesse. Faisons comme j'ai toujours fait ! — Et il sonna.

7

Postée en sentinelle sous le porche de l'église, sa miochette, fidèle à la consigne, avertissait les passants que le culte se célébrerait..... *là-bas*.

Précaution superflue. Guy Sinclair aurait pu se l'épargner. Quelques personnes entrèrent, il est vrai, dans le temple, mais pour y prendre leurs livres de cantiques et ressortir aussitôt ; quelques femmes en deuil s'attardèrent un peu vers les tombes du cimetière ; quelques fermiers se groupèrent sous l'auvent, mains dans les poches et nez en l'air ; après quoi, les cloches ayant cessé leurs appels, les uns prirent le chemin des communaux, les autres retournèrent chez eux, et le temple resta désert.

Dès le samedi soir, Georges Brown avait fait apporter chez moi la table, le fauteuil, la bible de son ancêtre martyr, l'assassiné de Claverhouse.

Les Israélites, lorsqu'ils plantaient en leurs haltes le tabernacle de l'Éternel, n'en effleuraient pas les voiles d'une main plus respectueuse que le vieillard, alors que de ses doigts tremblants il disposa, le dimanche matin, ses reliques vénérées sur le gazon d'*Annie Green*.

Bientôt, un amphithéâtre : sièges de toute espèce, — chaque fidèle arrivait armé de chaises ou d'escabeaux — se dessina dans la prairie. Une fontaine gazouillait à l'écart, parfois un souffle rasait l'herbe, une hirondelle traversait l'air ; de moment en moment, la foule se faisait plus compacte. Ni rire, ni

babil, ni voix. Mais quand le pasteur, M. Barrie,
parut; quand la noble figure de Mrs. Barrie s'es-
tompa dans la lumière à ses côtés; elle et lui, tenant
par la main leurs plus jeunes enfants, visages roses,
grands yeux naïfs, pendant que Bess suivait avec
les aînés; une flamme électrique parcourut l'assemblée : — Les voici! les voici! — et les têtes se
découvrirent; car on sentait que ce qui passait là,
c'était des consciences, obéissant à des convictions.

J'écoutai religieusement le discours de M. Barrie.
Vous le redire, moi, pauvre laïque, je ne l'essayerai
pas. Cette voix pénétrante, je l'entends encore; ce
texte : « Jésus-Christ est le même, hier, aujour-
d'hui, éternellement, » a fait la force de ma vie! ce
chant qui proclamait notre assurance, ces houles
d'harmonie sous lesquelles fléchissaient et vibraient,
on l'eût dit, les grandes feuillées; cet infini des
cieux, ces âmes suspendues aux lèvres du pasteur;
et cette onction, cette charité, cette communion des
cœurs, pourrais-je oublier cela? — Nulle allusion
aux événements ecclésiastiques; ils avaient reculé
bien loin, nous nous étions élevés bien haut. Mais,
plus rapprochés de Dieu, plus clair apparaissait le
devoir.

Georges Brown exultait : — « Banquet de viandes
savoureuses! » — l'entendait-on murmurer; et ce
qui mettait le comble à son bonheur, c'est que,
pour la première fois, laissant notes et manuscrit.
M. Barrie parlait d'inspiration.

— Lire ! — grommelait, fronçant le sourcil, Georges Brown, lorsqu'il voyait un cahier s'étaler sur le rebord de la chaire : — Lire ! cela ne vaut rien ; ni pour le pasteur, ni pour le troupeau !

La collecte — on avait hésité à en faire une — témoigna du sérieux des impressions. M. Taylor, qui l'avait appuyée et qui la dirigeait, recueillit pour les pauvres, tant au culte du soir qu'à celui du matin, ce total respectable : 38 L. st. — frs. 950.

Quelques-uns y mirent de leur superflu, beaucoup de leur nécessaire.

J'avais emmené chez moi, pour y dîner, notre ami Georges Brown.

Depuis longtemps, une particularité, dans sa toilette du dimanche, me préoccupait. Irréprochable ! sauf les traces d'usure que montrait aux genoux son pantalon.

La soupière mise sur la table, Georges Brown commence à réciter les Grâces et, tout en les récitant, à se frotter les genoux des deux mains, avec une telle vigueur que le mystère n'en fut plus un pour moi.

Si j'ajoute que Georges Brown répétait la même invocation, démesurément prolongée, accompagnée du même exercice, après, comme avant chaque repas, vous comprendrez que le plus solide *drap-cuir* n'y tînt guère mieux que la plus solide attention.

N'importe : bizarreries, manies, frictions, balancement du long corps osseux qui scandait le mouvement uniforme, éjaculations sans fin, genoux râpés, rien de tout cela n'empêchait Georges Brown d'avoir en lui l'âme d'un héros chrétien.

Pas plus au service du soir qu'au service du matin, M. Barrie n'effleura la grande question : la question palpitante. Au moment toutefois où, saisissant la Bible marquée du sang de John Brown, conviant l'auditoire à se réunir au même lieu, le dimanche suivant, anniversaire de la bataille de Drumclog, il évoqua le souvenir des soldats de la foi, des batailles de la foi, des souffrances pour la foi ; à ce moment-là, on sentit bien quelle pensée lui brûlait le cœur !

Et ce qu'on sentit aussi, c'est que la grande question, la question palpitante, s'imposait d'autorité, dès ce jour, à tout croyant.

L'Eglise *presbytérienne unie*[1] comptait maints représentants à Blinkbonny. Songeant aux intempéries de l'air qui, d'un jour à l'autre, nous banniraient des communaux ; sachant la plus vaste salle de la ville insuffisante à contenir nos affluences, M. Morrison, le pasteur presbytérien, d'accord avec

---

1. Séparée de l'Etat bien avant le conflit. TRAD.

son troupeau, mit généreusement sa chapelle à notre disposition.

M. Morrison, un galant homme et un homme érudit; zélé, fin amateur du beau langage; consacrait la semaine à élaborer ses homélies, le samedi à se les loger dans la mémoire, et trois heures — quatre parfois — chaque dimanche, à les débiter. Style pompeux, voix sonore, termes choisis, redondantes périodes, fleurs de rhétorique, rien n'y manquait..... sauf le sel.

Sous ces tièdes avalanches, les têtes s'inclinaient, la respiration s'accentuait, et l'auditoire..... je vous laisse à tirer la conclusion.

M. Morrison avait une bête noire : le mot propre. Appeler les choses par leur nom : il en frissonnait. Dire, *le Gouvernement* : horreur! — « Les nautoniers qui dirigent le navire! Le pilote à la barre du gouvernail! » articulaient mélodieusement ses lèvres onctueuses. — S'agissait-il de missions? « le champ, la vigne » étalaient leurs éternels épis, leurs sempiternels pressoirs.

Que c'était beau!... mais comme on bâillait.

Jusqu'à l'honnête Robert Gunn, dont la tête blanchie avait essuyé cinquante années de sermons, la sentait fléchir.

— Profond! — soupirait-il : Mais un petit brin... là... comme qui dirait..... sopo... sopo... rifique!

Le discours, ainsi qu'on peut l'imaginer, se divisait en sections. Or les enfants de Blinkbonny —

pauvres petits — avaient pour tâche, sitôt revenus au logis paternel, de récapituler par-devant les grands-parents, sections après sections, à cette fin de prouver que la cervelle, tout au moins, n'avait du prêche pas perdu miette !

Là commençait le grabuge. Si vous croyez que M. Morrison se permît de répéter dans les mêmes termes ses *chefs de section*, vous vous trompez du tout au tout.

— Étudions les individus mentionnés dans notre texte ! — avait-il dit une première fois.

Gamins de répéter les mots, de les compter sur leurs doigts, jusqu'à ce que pas un ne manquât à l'appel. Bien ; ils y étaient, tous.

Mais voilà que M. Morrison, résumant la section n° 1, s'exprimait ainsi :

— Frères, chers auditeurs, précieuses brebis de mon troupeau ! Nous avons un instant contemplé le profil de ces natures exceptionnelles, de ces grandes figures, de ces illustrations, gloires des siècles évanouis, qu'en sa majestueuse revue mon texte (le texte que j'ai choisi, que j'ai sondé, que je viens d'étudier avec vous) a fait passer devant nos regards éblouis, confondus, émerveillés ! — les gamins n'y étaient plus.

Et cela durait !

Lorsque, tirant sa montre, M. Morrison disait : — « Le court espace de temps dont je dispose (il parlait depuis deux heures) m'empêche de pénétrer au fond de mon sujet ; encore une réflexion cependant ! » — L'auditoire qui avait semblé renaître, courbé sous la sentence, rentrait dans son apathique recueillement, qu'éclairait toutefois une lueur d'espoir. Mais quand, d'un accent vif, le pasteur s'écriait : — « Plus qu'un mot ! » — oh alors, la congrégation, se sentant condamnée sans appel, toussait, se mouchait, éternuait et sombrait dans le désespoir final.

Un bienfait n'est jamais perdu.

Les frères *presbytériens unis* nous avaient ouvert leur chapelle. Force fut au révérend Morrison — le dimanche ne contenant pas une heure de plus que les autres jours — d'endiguer les torrents de son éloquence : par où j'entends d'abréger ses sermons. Tout le monde y gagna : les sermons, qui retrouvèrent en saveur ce qu'ils perdaient en étendue ; les fidèles, dont l'intelligence, mise à moins rude épreuve, garda mieux ce que lui confiait l'orateur ; les papas et les mamans, que ne travaillait plus la fébrile impatience de leur progéniture ; le pasteur enfin, qui, ruminant moins et agissant davantage, respirait plus librement.

Ce n'est pas tout. Les cœurs s'étaient ouverts, les esprits s'élargirent.

Presbytériens unis, néophytes de la nouvelle Eglise, se rencontraient sur le même seuil, entraient dans la même chapelle, s'asseyaient tour à tour sur les mêmes bancs. Comment, dès lors, se regarder de travers ? Comment se toiser de haut ? Comment

s'anathématiser les uns les autres? — Foi, principes, convictions demeuraient fermes comme roc;
préjugés et préventions jonchaient le sol.

Entre les deux pasteurs, régnait une cordialité
sans compromis.

Jamais diplomatie n'amena bonne paix. Ce n'est
qu'autour de l'étendard franchement déployé, sous
les *couleurs* franchement étalées au soleil, que se
donnent, entre combattants, les loyales poignées
de main .

Procédés courtois, attentions aimables, bienveillance en grosse et menue monnaie, c'est à qui, de
M. Barrie et de M. Morrison, l'emporterait ! — Ne
vous en étonnez pas; tous deux puisaient à la même
source : la Parole de Dieu, l'amour du Christ.

Sir John Mc Lelland avait, cependant, reçu la
résiliation du pasteur de Blinkbonny; pièce officielle, qu'accompagnait l'expression d'une gratitude
sincère pour les sympathies antérieures, l'assurance
de vœux fervents et sentis pour l'avenir.

Qui occuperait la chaire abdiquée? Qui habite-
rait le presbytère vacant? Chacun se le demandait.
Mais ce que chacun savait, c'est que sir John seul
avait droit d'élection.

M. Walker de Mildmoor se présenta. — Sir John,
on ne l'a pas oublié, le tenait en haute estime.
L'intégrité avec laquelle M. Walker exposa ses

motifs, loin de l'atténuer, accrut la bonne opinion
de sir John à son endroit.

— « Avant tout, ainsi écrivait le postulant,
je veux servir Jésus, annoncer l'Évangile. Mais les
âmes ont même valeur à Blinkbonny qu'à Mildmoor; le travail presse, là comme ici; on y naît,
on y grandit, on y pleure, on y meurt. En cas
d'appel, je n'y resterais donc pas oisif. — Or, voici
par où se marque, pour moi, la différence. Tandis
que Mildmoor ne m'offre que ressources chétives
(je suis sans fortune) et comme entretien personnel,
et comme éducation pour mes enfants; Blinkbonny
leur ouvre ses écoles, les reçoit dans son collège;
la Manse nous abrite largement; et les prairies,
vergers, champs, jardins affectés au presbytère
nous assurent.... le présent tout au moins. »

M. Walker fut nommé.

Rien de transcendant, ni dans ses connaissances
théologiques, ni dans ses talents oratoires. Il avait
en revanche bonté, sagesse, foi pratique, et la passion de l'agriculture, qu'il entendait comme pas un.

Sa petite paroisse de Mildmoor, il faut le dire,
perdue dans un district marécageux, aussi pauvre
en population qu'en étendue, n'était guère faite
pour développer les aptitudes pastorales d'un ministre! — Surtout lorsque, en face d'émoluments
plus que maigres, se plaçaient les aridités d'un sol
que, sous peine de famine, ses mains devaient rompre et cultiver.

Pasteur émérite, M. Walker pouvait le devenir.
Fermier hors ligne, il l'était.

Bess, depuis longtemps, s'en doutait si bien,
qu'elle n'achetait ou ne vendait ni porc, ni mouton,
ni vache, sans consulter le ministre de Mildmoor.

La basse-cour, pas plus que l'étable ou la grange,
n'échappait à l'ordre inflexible qui réglait tout
chez lui. John, l'aîné des fils, préposé au gouvernement de la gent emplumée, tenait, livre en main
(bonne initiation aux exigences de notre vie terrestre) un compte exact des œufs, couvées, éclosions,
poussins, coqs et poules, cette richesse des indigents.

Salomon n'a-t-il pas dit : « Surveille de près tes
troupeaux? »

M. Walker — on le voyait d'ordinaire arriver à
la Manse, dont il chérissait les habitants, et aux
grands jours des solennités religieuses, et aux quatre grandes foires de l'année — M. Walker ne manquait jamais le festin fraternel, qui réunissait alors
ses collègues autour de la table du presbytère.

Nul meilleur convive que lui; nul, ou plus jovial,
ou plus enjoué, ou plus sérieux quand il fallait.
Mais, *séparation*, *intrusion*, *disruption* venaient-
elles sur le tapis? M. Walker se levait, se glissait
inaperçu hors de la salle, et s'en allait fumer une
pipe à la cuisine.

Arrivé sain et sauf au port, bien abrité contre

les tempêtes; M. Walker se laissait choir dans l'antique bergère qui craquait sous son poids, ne le
contenait pas sans peine, dont il ne sortait que par
un vigoureux effort; puis, les pieds sur les chenets,
poussait un soupir béat. Cela fait, M. Walker tirait
la vieille pipe culottée des profondeurs de sa poche,
en secouait, à coups répétés, les scories ou les cendres; soufflait dans le tuyau, pour s'assurer de la
libre circulation de l'air; en cas d'oblitération, demandait à Bess une tige de lavande, qu'après l'avoir
appointie, il promenait le long du canal; soufflait
encore, poussait deux ou trois : Hum! Hum! cou-
pait méthodiquement son tabac, en pulvérisait les
miettes, bourrait, tendait à Bess une main où elle
plaçait, sans mot dire, l'allumette dépouillée du sou-
fre qui eût compromis les suavités de l'arome : al-
lumait!.... et s'enfonçait dans les délices du ciel de
Mahomet.

Silence absolu, je l'ai dit — sauf les *Hum! Hum!*
échappés au pasteur — tant que duraient les pré-
liminaires du rite. Une fois la pipe en train, M. Walker, mollement étagé devant l'âtre, entamait la
conversation avec Bess.

Bess accomplissait là, sans qu'il y parût, un des
plus beaux actes de renoncement.

Pipe, tabac, cigares, Bess tenait les uns et les autres en égale abomination. Elle n'eût, pour trésor
au monde, permis à qui que ce fût, d'emplir sa cuisine des sales tourbillons de ces empestées vapeurs.

Mais M. Walker, son conseiller intime ! De lui, elle supportait tout. Quitte à enlever, quand elle prévoyait son arrivée, pièces de lard, saucisses et jambons de la cheminée où ils étaient suspendus, ne voulant pas, disait-elle : les laisser *empoisonner !*

— Bess ! — fit M. Walker, quand, après le dernier dîner d'octobre à la Manse, il se retrouva chaudement établi dans son fort : — Bess, j'en ai par-dessus les oreilles de ces discussions ecclésiastiques ! Parlons un peu de nos petites affaires. Voulez-vous ?

Bess voulait si bien, qu'elle entama tout droit le récit des ventes, emplettes, transactions, *bonis* ou déficits de l'année.

M. Walker, tantôt approuvait, tantôt critiquait, la gratifiant, en retour, de ses confidences sur les foins, les blés, l'herbe dure de Mildmoor qui n'engraissait pas les moutons, la vache qu'on avait mise au sel, le total des œufs inscrits au Livre-journal : — Cela ne vaut-il pas mieux, Bess ? — fit entre deux bouffées de tabac notre tranquille révérend : — Cela ne vaut-il pas mieux que de se chamailler à propos d'Église ?

Et pourtant le digne homme ne résista pas, tout en se grillant les mollets, à redire l'histoire de la *Dame de Leith.*

— Une grande lady ! fit-il : — Sa Seigneurie,

qui d'ordinaire habitait Leith, était venue se mettre au vert chez le fermier Johnson. La première
semaine écoulée :

— « Eh bien! lui demande Johnson : Comment
votre Ladyship se trouve-t-elle à Mildmorr ?

— « On ne peut mieux. Si j'avais ici *mon* docteur
et *mon* pasteur, j'y achèverais volontiers l'année.
Vous savez, les médecins de campagne sont excellents.... dans leur genre ; mais ce genre n'est pas celui
des villes. Les pasteurs, parfaits sans doute ; mais.....
le pasteur de Mildmoor n'est pas *mon* pasteur. —

— « Peut-être, votre Seigneurie ! — répond Johnson en se grattant la tête : — Mais, voyez-vous, nous
autres rustres, donnez-nous bon forgeron, bon meunier ; nous nous contentons des docteurs et des
pasteurs que le ciel nous envoie. »

Bess secoua la tête.

— Oui ! reprit M. Walker : Je suis comme vous,
Bess. L'histoire m'a paru, tout d'abord, un peu raide
pour messieurs les pasteurs. Cependant.....

Ici, M. Walker exposa ses vues, et sur les *non-
intrusionists*, et sur la *disruption*, avec une vivacité
qui ne lui était pas habituelle ; après quoi, poussant
une large bouffée de tabac, tandis que Bess se dé-
tournait pour ne la pas recevoir en plein visage :

— Au bout du compte, ajouta le pasteur en manière de péroraison : Johnson parlait d'or. Les congrégations ont pour devoir d'accepter, honorer,
accueillir avec reconnaissance, tout directeur spiri-

tuel que choisissent pour eux les lords, grands seigneurs, forts propriétaires ; qui certes s'y entendent mieux que le paysan !

Bess, dont la mémoire gardait avec vénération les paroles de sir John à son maître, acquiesça du plus vif de son cœur.

La nomination de M. Walker ébouriffa, c'est peu dire, scandalisa presque, le noble bourg de Blinkbonny.

— M. Walker ! Quoi, un pasteur de village ! — entendait-on murmurer de toutes parts. Le *poétastre* de l'endroit, tailla même sa meilleure plume, pour écrire sur le sujet ses plus mauvais vers. — Puis, l'on se prit à réfléchir : — Tout bien compté, se dit-on, puisque M. Barrie abandonne l'Église Établie, on pouvait plus mal tomber. M. Walker est un homme intègre, un chrétien, un pasteur actif. Le poste lui convient.... il convient au poste ! — et l'on se consola.

M. Walker, caractère droit, on le sait, ne voulut s'en remettre à nul autre, du soin d'apprendre l'événement au digne collègue qu'il allait remplacer.

Un instant surpris :

— Dieu bénisse votre ministère ! — s'écria M. Barrie. Nous vous céderons la place, aussitôt que faire se pourra.

— Tout à votre aise ! — répondit le nouveau titulaire, appuyant ces mots d'une bonne poignée de

main. Tout à votre aise, frère! J'ai encore mon froment sur pied et mes gerbes à lier.

Avec Bess, autre affaire. En un instant — oh
versatilité féminine! — causettes amicales, bons
conseils, échange de confidences horticoles, entente
cordiale sur la question d'Église, le respect même
qu'elle portait à ses supérieurs, Bess oublia tout :

— M. Walker! Walker de Mildmoor, cette vieille
carriole, ici, à Blinkbonny? Lui, entrer dans les sou-
liers de M. Barrie? Pitié pour ceux qui l'enten-
dront, ils n'y retourneront pas deux fois. Un prédicateur? oui, il l'est parmi ses campagnards. Faudra
qu'il dise comme Campbell, notre berger, disait à
sir John, le jour du grand concours, quand il rem-
portait les prix et que Sa Seigneurie le félicitait en
lui remettant la bourse aux guinées : — « Homme
au milieu de mes bêtes, Votre Honneur! Mais bête
au milieu des hommes! » — Ça, c'est sûr et certain. — Sans compter son ignoble tabac, sa hideuse
pipe, que je n'ai jamais pu supporter (ô Bess)!
Ma pauvre cuisine, dans quel état vont-ils me la
mettre? Et le potager? Et qu'il y a des légumes sur
place à leur passer, et qu'on dit Mrs. Walker serrée
comme, comme......

Le point de comparaison manquant à Bess, elle
s'essuya les yeux.

Mais lorsque, le moment venu, Mrs. Walker se
présenta au presbytère; lorsqu'elle parcourut avec
Bess jardin et potager, s'extasiant devant chaque

carreau, demandant à Bess son secret pour obtenir des choux-fleurs si blancs, des pois verts si sucrés, des salades si rondement pommées; lorsque, sans réserve ou restriction, elle consentit d'emblée à tous les arrangements que proposait notre rigide personne; la girouette tourna pour la seconde, et dernière fois espérons-le; le baromètre se mit au beau : Bess déclara l'épouse du futur pasteur de Blinkbonny « *Une femme en Israël!* »

VII

MANSE ET COTTAGE

Knowe Park était prêt à recevoir ses hôtes.

Dès qu'on parla de déménager, tout ce qui, dans Blinkbonny, avait cheval ou charrette, offrit les uns et les autres au pasteur avec un si sincère empressement, que M. Barrie, ne sachant à quel *ami* se vouer, aurait voulu posséder trois fois autant de meubles qu'en contenait le presbytère, afin d'accepter tous les services et de ne froisser aucun élan.

Le grand jour se leva : une radieuse matinée de juillet. On eût dit que l'ancienne demeure, pour rendre la séparation plus amère, se faisait plus gracieuse et plus charmante! Par mille de ces fils ténus, dont on sent la force quand ils se rompent, tous les cœurs; ceux des enfants, celui du père, de la mère, le pauvre cœur de Bess, liés à ces murs témoins de si douces années; à cette église dans laquelle M. Barrie avait dépensé le meilleur de sa vie, tous ces cœurs battaient,. souffraient à l'unisson.

Comme s'emplissaient les charrettes, huit coups, l'heure du culte domestique, retentit au clocher; le coucou, celui qui logeait dans l'horloge de famille, perché déjà sur le faîte d'une carriole, les redit de sa voix enrouée; M. Barrie fit appeler les chargeurs : rudes fermiers, manches retroussées, bras nus, durs à l'émotion. Toutefois : — Quand nous avons entonné le psaume XXIII, racontait l'un deux, ça n'allait déjà pas; on ne trouvait pas ses notes. Mais quand M. Barrie a lu dans le CXXVIIIe : « Tu m'as fortifié en mon âme, par ta vertu !... L'Éternel achèvera de pourvoir à ce qui me concerne! » alors, quelque chose nous est monté au cou; nous avons cru étouffer; parce que ça..... c'était écrit *pour eux*.

Sitôt la première voiture chargée, Bess se rendit à Knowe Park, afin de l'y recevoir et d'en distribuer le contenu, conformément au plan savamment élaboré entre elle et « Ma'am ».

Les trois enfants aînés, dès l'aube, parcouraient la Manse, fouillaient partout, descendaient, remontaient dix fois l'escalier par minute, sous prétexte d'*aider les grands!*

Bess leur fournit — heureux débarras — une idée lumineuse : rassembler les jouets qui formaient leur trésor, et les transporter eux-mêmes à Knowe Park.

Pas plutôt dit que fait.

James saisit sa petite brouette, dans laquelle il entassa patins, livres d'images, cheval sans queue et chien sans pattes. Maud disparut derrière son fauteuil à roulettes, qu'elle poussait vigoureusement, et dont le siège servait de trône à *Tom noir* : le poupon nègre privé de tête, mais non de cœur, paraît-il, car il avait accueilli et souffrait à ses côtés, chats de carton, lapins de plâtre, vaches décornées, lesquels s'obstinaient à tomber les uns après les autres, à mesure que s'avançait le cortège. Lewis, marchant le dernier, ne portait rien — comme dans la chanson de *Malbrouk* — sauf son fouet.

Arrivés devant le bureau de poste, les trois enfants — ils commençaient à sentir ce que pèsent les biens de ce monde — s'assirent, James sur sa brouette, Maud et Lewis sur le trottoir.

Le Dr Guthrie, le célèbre orateur — en séjour dans le voisinage — sortait justement du bureau. Rien de candide comme le groupe enfantin! Un sourire illumina les traits du docteur. Il s'arrêta, passa la main sur les joues brûlantes de Maud, caressa les boucles de sa chevelure tant soit peu désordonnée, puis :

— Comment se nomme cet individu? — fit-il, désignant le négrillon sans tête : — Sambo? Pompée?

— Il s'appelle Tom noir, monsieur. C'était le
nègre de Nelly. *Je le déménage* dans la nouvelle
maison.

— Ah! bien! Le Nègre de Nelly! Et maintenant,
je pense, Nelly se trouve trop grande demoiselle
pour jouer avec lui. Ou peut-être l'a-t-elle éman-
cipé..... et vous charge-t-elle de lui apprendre à
lire?

— Oh! monsieur! Nelly est morte! Elle est en-
terrée là-bas! — et du doigt, Maud montrait le
cimetière.

— Mais Bess — interrompit Lewis d'un ton déterminé — Bess et maman disent que Nelly est au
ciel!

Le docteur Guthrie, qui sentait les larmes lui
remplir les yeux, tira sa tabatière, prit une pincée
de tabac, le huma, déploya son mouchoir, se moucha bruyamment, et posant sa large main sur la
tête de Lewis :

— Oui, mon garçon, tu as dit vrai : Nelly est au
ciel. Habitez-vous Blinkbonny?

Ce fut au tour de James de parler. S'avançant
d'un pas :

— Je suis James Barrie! dit-il : Ça, c'est Maud.
Et celui-ci, c'est Lewis. Nous venons de la Manse,
nous allons dans le cottage de M. Wendall.

Le Dr Guthrie, mis soudain en présence d'un des
résultats les plus immédiats et les plus douloureux
de la *séparation*, allait pour la seconde fois recourir

à sa tabatière; l'arrivée de sir John l'en empêcha.
Celui-ci, qu'amenait grand trot un fringant atte-
lage gris de fer, sauta lestement sur le trottoir,
aperçut le docteur et vint le saluer.

— Sir John! — dit M. Guthrie (une larme coulait
le long de sa joue) : — Sir John! connaissez-vous
ces enfants?

Les doigts du docteur, tandis que sir John considérait nos trois pèlerins, avaient mis la tabatière à
l'air, puisé, et trituraient savamment une prise,
mais sans la convoyer à destination.

— Ces mioches? Sans doute! fit le baronnet. Ce
sont les enfants du révérend Barrie! — puis, s'inclinant vers eux : — James, comment vont papa
et maman?

Les trois petits, à l'apparition du baronnet,
s'étaient levés; les deux garçons ôtèrent leur chapeau :

— Très bien, Sir! répondit James : On s'en va,
ce matin! Et nous trois, on aide!

Le Dr Guthrie aspira sa prise, regarda sir John,
puis les enfants, puis la Manse, et d'une voix
émue :

> « La grandeur de notre vieille Ecosse,
>   Amour des siens, respect au dehors,
> En voilà le foyer, c'en est ici la flamme!
> Le roi fait les seigneurs, les princes et les lords.
>   Mais c'est Dieu qui fait l'honnête homme:
> Et l'honnête homme c'est, le chef-d'œuvre de Dieu. »

Les passants s'arrêtaient, écoutaient, échangeaient plus d'un regard. Seule, la présence du baronnet empêchait ces braves gens de pousser, en l'honneur du Dr Guthrie, quelque vigoureux hourrah.

A peine l'*honorable* remonté en voiture, tous se rapprochèrent. Kennedy le tailleur, jouant des coudes, se fit jour au premier rang, tabatière ouverte en main :

— Excusez-moi, monsieur! dit-il. Je n'ai pas l'honneur de vous connaître, monsieur. Mais, excusez-moi bien, monsieur, est-ce que monsieur ne voudrait pas m'accorder la faveur de?...

— Certainement, mon ami. Et vous savez : Qui donne accepte? s'écria le docteur, présentant sa tabatière d'argent au tailleur, tout en plongeant les doigts dans la petite boîte d'étain.

Kennedy salua, saisit délicatement une pincée entre le pouce et l'index, en examina la finesse, en respira lentement l'arome, puis :

— Fameux! exclama-t-il : Fameux tabac! Et fameux poète, notre Burns! Ces vers, ceux que vous venez de redire, monsieur, s'emboîtent juste aux événements. Bien appliqués, foi de citoyen! Et quant à l'*honnête homme*, au vrai patriote, au confesseur de la foi..... il n'y a qu'à regarder du côté de la Manse pour le voir!

La Manse! il n'y restait plus rien. La dernière

charrette avait tout emporté. Bibliothèque, chambres et nursery démeublés, renvoyaient en échos bizarres le bruit des voix et des pas. Une dernière fois, M. et Mrs. Barrie les avaient parcourus. Murs dénudés, pièces vides, retentissaient avec je ne sais quelle résonance cassante, qui faisait mal.

— C'est fini! — murmura M. Barrie, debout sur le seuil, tournant la clef dans la serrure.

Serrés l'un contre l'autre, les deux époux demeurèrent un instant immobiles. Ils allaient prendre le sentier, traverser le cimetière, quand un miaulement désespéré les arrêta.

C'était *Tibby*, la minette chérie de Nelly.

Transportée dès l'aube (panier couvert, pattes frottées de beurre frais) dans son nouveau domicile de Knowe Park, dame Tibby, à qui le changement ne plaisait pas, avait, déjouant précautions et surveillance, repris sans tambour ni trompette le chemin du chez soi.

Hélas! chambres désertes, solitude, le verrou qui craquait! — Tibby, soudain, comprit l'horreur de la situation : elle appelait au secours!

A ce vagissement, qui faisait revivre tout un passé de douleur, tout un passé de joie, Mrs. Barrie fondit en larmes :

— Pauvre Tibby! — d'une main tremblante elle prit la clé, l'enfonça dans la serrure. Tibby se tenait là, gros dos, queue droite, ses beaux yeux verts

ardemment fixés sur sa maîtresse : — Viens! —
Mrs. Barrie la souleva doucement, lui fit un nid
douillet dans son châle.

Cette obligation de s'occuper d'un être vivant,
malheureux aussi, ne fût-ce que de la vieille chatte
blottie entre ses bras (Nelly d'ailleurs ne l'avait-elle
pas aimée?) adoucit, pour Mrs. Barrie, les amer-
tumes du trajet qu'il lui fallait accomplir : de la
manse à Knowe Park.

Bess attendait sous les armes; théière en main,
bouilloire sur le feu. La salle à manger, fenêtres au
levant, ruisselait de soleil. Une atmosphère de bien-
être emplissait la maison. Tout y était si exactement
en ordre que la famille put, dès cette première nuit,
s'y caser, sans avoir recours aux offres hospitalières
qui pleuvaient de toutes parts. Les amis, un peu
déçus dans leurs projets bienveillants, en voulurent
presque à Bess de son activité!

Et pourtant qu'eût-on fait sans les deux bras,
les dix doigts, la bonne tête, le vif esprit de l'énergique servante?

Rien de tel que le travail, pour donner des ailes
aux heures. Chacun s'y mettait. N'y avait-il pas les
provisions à loger, les clous à planter, les tablettes
à poser? et dans le jardin : ratisser, rattacher, ar-
roser? — On eût dit quatre Bess à l'ouvrage. Ni les
parents ni les enfants ne s'épargnaient la peine. Or
il arriva que peu à peu, jour après jour, servante,

maîtres, garçons et fillette se mirent à aimer Knowe Park, et à s'y trouver heureux.

Guy Sinclair, chargé par M. Barrie de soigner le potager du presbytère — M. Walker n'avait pas encore pris possession — apportait journellement des légumes. Et journellement :

— Non! Guy Sinclair! faisait Bess : Knowe Park fournit le nécessaire. Gardez ça pour votre ménage. S'il y en a de reste, eh bien, vendez-le! Nous compterons après.

Le marguillier se montra si fidèle économe, qu'au bout de six semaines il remettait à Bess une gentille somme ronde, produit de ses opérations.

— Voilà, monsieur! — dit Bess, un sourire d'orgueil sur les lèvres, en déposant shellings et guinée — il y en avait une — dans les mains de son maître : — Voilà le dernier *boni* de la Manse!

M. Barrie sourit à son tour :

— Merci, Bess! fit-il. Gardez cet argent pour les pauvres. Quelle grâce, pouvoir encore donner!

Donner! cet argent! aux pauvres! Quand les ressources de la famille — elles allaient diminuant — se résumaient en un point d'interrogation auquel Bess n'avait pas, à l'heure qu'il est, découvert de réponse!

Pour le coup, ceci dépassait toutes ses notions de générosité :

— Ma'am! — s'en fut-elle gémir vers sa maîtresse : — Ma'am! j'avais quelques honnêtes sous;

la vente de nos légumes, Ma'am ; de mes artichauts,
de mes haricots, de mes pois gourmands!... je les
porte à monsieur, et monsieur me dit : — « Donnez-
les aux pauvres! » — Aux pauvres? Me semble,
moi, que c'est nous, les pauvres! Et les premiers à
servir, peut-être!...

Mrs. Barrie avait trop sondé les déficits ; elle
avait trop vu s'écarter ces *deux bouts*, qui s'éloi-
gnent, on le dirait, d'autant plus qu'on s'efforce de
les faire joindre, pour ne pas sentir, au fond du
cœur, un secret avocat plaider en faveur de la cause
que défendait Bess. Cet argent, secours inespéré,
cela ne ressemblait-il point à la manne au désert?

Mais, quelques minutes de réflexion écoulées :

— Bess, brave Bess! Nous ferons comme a dit
Monsieur. Et vous verrez, Bess, nous finirons par
sentir, comme lui... « qu'il y a plus de bonheur à
donner qu'à recevoir! »

Cela, Bess pouvait, à la rigueur, l'admettre en ce
qui concernait sa personne. Y consentir pour la
famille! Priver la famille de son droit! Dépouiller
la famille de son dû!...

Bess projeta une moue significative. Après quoi,
Mrs. Barrie gardant le silence :

— Enfin, puisqu'il faut ; il faut! — reprit-elle.
— Mais Ma'am permettra bien, je suppose, qu'on
vende le surplus des légumes, fruits, œufs, laitage
d'*ici* ; de Knowe Park ; de mon *presbytère*, à moi!

L'autre, du moment qu'un autre pasteur y a mis les pieds!....

Bess s'essuya un œil et haussa les épaules.

— Agissez sur ce point comme vous l'entendrez. Je me fie entièrement à vous, Bess. Votre jugement (les circonstances que nous venons de traverser m'ont trop préoccupée pour que je puisse, en cette instant, m'appuyer sur le mien), votre jugement, votre dévouement, seront de meilleurs conseillers que moi. Seulement, je tiens à vous le dire (ici la voix de Mrs. Barrie s'altéra) vous avez été pour nous une sœur, Bess! une *Ruth*, une *Marthe*, une *Dorcas!* Dieu vous récompense, fidèle amie!

A cette effusion de reconnaissance, à cet éloge justement mérité, une humiliation profonde s'empara du cœur de Bess. Si rien n'est tel que le blâme — j'en appelle à vous, lecteurs — pour exciter notre amour-propre et lui mettre, passez-moi l'image, l'épée au poing; rien comme la louange, rien comme la haute estime où nous tiennent les autres, pour nous faire mesurer notre indignité.

Bess donc, tout à coup pénétrée de confusion :

— Ma'am, Ma'am! ne parlez pas ainsi! J'ai manqué, trop souvent, à vous, à monsieur le pasteur.... et à Dieu! Oui, Ma'am, *Marthe*, de tous les beaux noms que votre bonté me donne, *Marthe* est peut-être celui qui convient. Je me suis travaillée pour beaucoup de choses.... et j'ai oublié la seule néces-

saire. Et pendant que vous étiez fidèles.... moi, je
désertais dans mon âme le camp du Seigneur! Et
je parlais contre sa bataille! Et je.... et... que l'Eternel me pardonne!

Une même émotion tenait muettes la maîtresse
et la servante. Bess toutefois, n'étant de nature ni
songe-creuse ni taciturne :

— Ma'am! fit-elle : Tout marchera. Le fourneau
de la cuisine, consomme si peu de charbon que
rien! Les poules font des œufs, que c'est effrayant!
Daisy plonge dans l'herbe jusqu'au poitrail! Et
quant à monsieur, à madame, aux enfants! — un sourire d'intime satisfaction éclaira le visage de Bess :
— Je ne les ai jamais vus si beaux!

Une teinte rosée couvrit les joues pâles de Mrs.
Barrie.

— Et, continua Bess, qu'on ne vienne pas nous
plaindre! — l'orgueil reprenait tant soit peu ses
droits : — Qu'on ne vienne pas nous faire, là, des
mines de condoléance! La famille! — Bess releva
fièrement le front : — La famille tiendra son rang.

— Mon Dieu! murmura Mrs. Barrie, comme Bess
retournait au potager : — Je te remercie de nous
avoir donné Bess!

La besogne débordait. Rien, par conséquent,
n'égalait le bonheur de Bess. Avoir trop à faire,
il lui fallait cela. Repos pour elle, c'était purga-
toire. L'ouvrage baissait-il? l'ennui venait. Dès le

jour donc où, pour la première fois, M. Barrie
avait fait allusion aux éventualités à venir ; Bess,
non sans une certaine joie inconsciente, s'était
creusé la tête pour trouver quelque moyen d'ajouter,
ne fût-ce que cinq ou six guinées, aux revenus du
pasteur.

La basse-cour se présenta d'emblée à son esprit.
Liz, servante de ferme chez sir John, n'avait-elle
pas obtenu pontes et couvées miraculeuses, en
mettant ses poules au bénéfice d'un régime dont
elle possédait le secret ?

Bess fut aux informations, éventa le mystère,
pratiqua le système, et, comme il arrive d'ordinaire, à son tour se piqua d'invention.

— Entre nous soit dit, monsieur Wendall ! — fit-
elle un jour que, la rencontrant chez l'épicier du coin,
je la complimentais sur ses succès : — Entre nous,
j'ai trouvé mieux que *Liz !* Ce n'est pas sans avoir
tout essayé. D'abord de l'avoine, pure, sans mélange : ça allait.... ni bien ni mal. Puis, j'ai ajouté
les débris de la table : ça valait déjà mieux. Après,
je leur ai cuisiné un fricot, soigné ! comme pour les
maîtres ; avec poivre, muscade, gingembre : elles
ont commencé à me revaloir ça en œufs, gros,
gros ! — Bess joignit ses deux poings : — Mais elles
devenaient nerveuses, pauvres petites ; il leur prenait des idées ! Elles sautaient, s'effarouchaient,
volaient sur les murs, chez le voisin !... les épices,
vous concevez. Alors, je leur ai acheté un *crak-*

nel[1], pour leur calmer l'humeur; j'en mêle un brin dans leur pâtée, et les voilà tranquilles, modestes ! Ça pond, ça couve, ça se promène décemment !... comme de jeunes demoiselles.

— Merveilleux ! Bess.

— J'ai mis couver, tout à l'heure, sous la meilleure de mes poules, les œufs de *Dan Corbett*.

— De Daniel ?

— Il prétend que chacun de ces poulets, *pèsera trois cochinchinois!* Pour ce qui est de ça : parole de Corbett et parole d'Evangile, ça fait deux. S'il va me sortir de là des coqs de combats ! Les siens, à lui, qui déjà viennent chanter pouille à mes Bantams, et tracasser mes Dorkins ! Merci.

Dan Corbett, personnage plus ou moins suspect, natif de Blinkbonny, parti jeune encore, avait passé dix ans de sa vie, nul ne savait où ; à faire ?...... tout le monde ignorait quoi. *Cabotage*, disaient les uns; *contrebande*, disaient les autres. De ses expéditions — il en était depuis longtemps revenu — notre homme avait rapporté quelques balafres de plus, un œil de moins, et l'air sinistre.

Lors de son retour au pays, un sacrilège, perpétré sur vaste échelle, épouvantait l'Ecosse.

Les tombes étaient violées, les cercueils brisés et

1. Gâteau rond, composé de résidus graisseux et reliefs analogues. TRAD.

les cadavres, arrachés à leur dernière demeure,
vendus aux amphithéâtres de dissection.

Un frisson d'horreur saisit la population tout
entière. Chaque commune fit garder la nuit, le
champ de ses morts. Blinkbonny nomma Dan Corbett d'office. Tour à tour, les pères de famille veil-
laient avec lui. Or, bien que l'homme fût taré, bien
que personne ne l'aimât, tous rendirent témoignage à sa vigilance, à son courage, à sa bonne
volonté.

La sécurité des sépulcres rétablie, Dan Corbett,
successivement boucher, équarrisseur, preneur de
taupes, vétérinaire sans patente, tondeur de moutons, batteur en grange, éleveur de coqs de bataille, droguiste de raccroc, vécut, plus ou moins,
de ces divers métiers.

Pas une foire, pas un marché qui ne vît appa-
raître notre gaillard.

Pêcheur heureux, on le soupçonnait fort — sans
jamais avoir réussi à le prendre sur le fait — de
tendre ses filets en rupture de ban.

La cabane qu'habitait Corbett, séparée de Knowe
Park par un bout de prairie, abritait chiens, chats,
furets, lapins, chèvres, brebis, gent emplumée à
foison. Tout cela vivait côte à côte, en bon accord ;
sauf les coqs, dressés pour le champ clos, et que
Dan faisait battre, au grand scandale des voisins —
le spectacle, sauvage et cruel, ayant fait son temps,
Dieu merci, dans notre noble Ecosse.

Taupe, Rat, Docteur, Bouledogue! tels étaient les sobriquets dont on gratifiait l'homme.

Bess entretenait forcément, de loin et de haut, quelques relations d'affaires avec lui.

Dan — qu'on me pardonne si je m'arrête à cette individualité — possédé de sa passion, s'était procuré (comment? je ne vous le dirai pas) des œufs rares : treize! qui valaient, pour les amateurs du moins, leur pesant d'or, et devaient donner naissance à une race de guerriers, tels que n'en avaient pas rencontré jusqu'ici, les plus madrés parieurs.

De quels soins les entoura Corbett, avec quelle exactitude il calcula le temps d'incubation, de quelle voix éclatante il annonça leurs futurs triomphes, je vous le laisse à penser!

Mais Dan avait trop bruyamment célébré sa fortune.

Quelques mauvais plaisants, ses rivaux en basse-cour, se glissèrent, un jour de foire, sous le hangar; forcèrent un tantinet, sans qu'il y parût, la vieille porte; enlevèrent les œufs, gros d'avenir; les remplacèrent.... vous verrez; et les portèrent, tout chauds, dans le nichoir de Knowe Park, sous une poule qui gloussait, ne demandait pas mieux que de couver.... et ne trahit personne.

Trois semaines écoulées, Dan Corbett, cœur palpitant, entr'ouvre le réduit où sa couveuse, plus patiente que lui, à coup sûr, se tenait immobile. Il écoute.... pas le plus léger *cui, cui!* — La journée entière s'écoule, puis la suivante, et la suivante encore, sans qu'un seul petit bec perce la coquille d'un seul œuf!

Stupéfait, courroucé, Dan, la huitaine révolue, entre chez dame poule, décidé à en finir avec elle, pour lui apprendre à respecter les conditions légales d'éclosion. Il se baisse, avance les mains, lorsque : O bonheur! un piaulement, faible mais distinct, se produit sous les ailes gonflées! Dan n'en croit pas ses oreilles :

— Serait-ce bien, grand ciel de l'univers possible! — Deux petits cris lui répondent.

Enveloppant du plus tendre regard de son seul œil, la bête dont tout à l'heure, il s'apprêtait à tordre le cou :

— Oui, Grannie [1], tu es la meilleure couveuse d'Ecosse! Oui, ma vieille chérie, ma reine de beauté, tu mérites une bonne poignée de froment, et tu l'auras! Et puis demain, ma reine, demain !

Les *cui, cui* se multipliaient. Dame poule faisait mine de quitter son nid.

— Un moment, un moment, ma toute belle! La nuit, cette nuit-ci, je ne t'en demande pas plus! Faut laisser à tes cochets le temps d'essuyer leurs plumes; d'astiquer leurs ergots! Demain, chérie, quand les voisins reviendront des champs; demain,

---

1. Abrégé de *grand'mère.* Trad.

on les appellera tous ; ma déesse, ma fleur ! Et on
t'ouvrira la porte, à deux battants ! — la porte
n'en avait qu'un : — Et tu t'avanceras, en tête de
ta couvée ; comme Wellington à Waterloo, à la tête
de ses Ecossais ! Et quand tu paraîtras, tes treize
petits marchant derrière, ainsi que l'artillerie
royale un jour de revue ! alors.... on verra ce que
diront les voisins.... on verra. Bonne nuit, ma
princesse, mon étoile, ma rose : DEMAIN !

Dan ferme le réduit à double tour ; puis va convoquer son monde, ses rivaux les premiers ; leur
donnant rendez-vous chez lui, *demain*, le soir, sept
heures, pour contempler.... quelque chose qui vaut
la peine !

Le soleil se leva. Dan, levé bien avant lui, ne
tenait pas en place. Les heures lui semblaient de
plomb. Plus d'une fois, il s'avoisina du hangar,.....
Mais non ! Sûr de son affaire, il préférait ne revoir
la couvée qu'à l'instant où, surprise, admiration,
envie, clouant les autres en place, donneraient une
saveur de haut goût à son triomphe.

Midi, trois heures, quatre, six ! Le jour s'atténue,
le moment approche. Quelques personnes, déjà, se
groupent dans la petite cour.

— Eh ! Dan ! — crient les plus pressés : Montre
un peu ta merveille !

— J'attends Rib ! — répond Corbett d'un ton
grave : — Jack, mon garçon, cours là-bas ! Vois s'il

vient! — puis, se tournant vers ses interlocuteurs : — Rib est l'homme qu'il me faut. Ses coqs ont *agoni* les miens.... A mon tour!

Dan parlait encore que Rib, les deux mains dans ses poches, pipe en gueule, casquette de veau marin sur la tête, l'air passablement narquois, paraissait au tournant du chemin. D'un signe, sans se décoiffer, il salua Dan et « *la compagnie* ».

— Attention! — fit Dan Corbett, tirant les verrous, poussant la porte : — Attention! Grannie, Grannie! Ma reine de beauté! Amène ton impériale famille!.... Et vous, ouvrez vos yeux!

Grannie et ses poussins, maigrement nourris la veille, afin d'exciter leur empressement à sortir, ne se le font pas répéter : de toute la vitesse de leurs pattes, ils se précipitent vers l'huis.

Rib, jusque-là silencieux, ôte la pipe de sa bouche, abrite ses yeux de la main, respire bruyamment, et reste pétrifié.... mais d'une stupéfaction qui, ce semble, n'a rien d'admiratif :

— Dis donc, Corbett! regarde un peu ces becs!

— Ces becs! Eh bien quoi, ces becs?

— Etonnants.

— Je crois bien, étonnants! De l'acier!

— Peut-être. Avec ça — Rib étala trois doigts — plus larges que longs!

— Larges ou pas larges.... on verra sur le terrain! On verra!

— Pas moins, drôles de becs ! — Un sourire ambigu, passait sur les traits de Rib.

Les spectateurs, flairant quelque *rat*, se rapprochent, se baissent à leur tour, pouffent de rire ; tandis que les gamins, sur toutes les notes de la gamme, poussent des *coua, coua* moqueurs.

— Tes *pur sang* ? canards ! mon pauvre Corbett ! — fait Rib, remettant, impassible, sa pipe en gueule.

— Canard toi-même ! rugit Dan.

— Pas moi qu'il faut invectiver, mon vieux. Regarde-les ! — Rib en prit un, délicatement : Regarde ces becs ! des spatules. Regarde ces pieds ! entoilés comme une frégate sous voile ! Ça est-il fait pour nager, oui ou non ?

On pouvait se fâcher ; s'y méprendre, impossible. Ce qui se dandinait là, en file indienne, c'étaient, irrécusablement, treize canetons, de la plus franche venue.

L'éclat de rire, comme il n'en sort que de pareils coffres, redoubla, assaisonné de lazzis plus ou moins épicés.

Dan, le malheureux, attéré, rage au cœur, figure bouleversée, promenait de la foule aux canetons, des canetons à la foule, un regard qui eût mitraillé les uns et les autres, si les regards tuaient.

Rib cependant, de sa même voix tranquille et sardonique :

— Quoique ça.... je te croyais fin connaisseur ! — Et comme il s'inclinait pour échanger une bestiole

contre l'autre, accumuler preuves sur preuves, confusion sur confusion dans l'âme exaspérée de son
rival ; Grannie, qui n'entendait pas badinage,
s'élança, et d'un coup de bec — pas spatulé, celui-
là — déchira au sang la main du railleur.

Nul baume plus salutaire, n'eût pu s'appliquer
sur la blessure, bien autrement douloureuse de
Corbett.

— Bravo, Grannie! Bien fait! Pique-le! Mords-le!

Assistants de rire plus fort. L'un d'eux (malice,
pitié, qui le dira?) :

— Bah! Au fond d'un pot, les canards valent les
poules. M'est avis que ces petites bêtes.....

— Ah! tu crois, toi, grosse bête! Imbécile! Ane
bâté! Tête de bois! tu crois que les canards valent
des coqs de race! *Purs combats!* que j'avais choisis,
moi-même! placés sous la mère, de ma propre
main! Tu crois?Tiens ta langue!....... Quelqu'un m'a
joué le tour..... changé les œufs! Si je tenais le bandit!.... — Dan avait saisi une espèce d'assommoir :
— Il ne le ferait pas deux fois! Non. PAS DEUX FOIS.

Curieux, flâneurs cependant, se massaient, regardaient, se tordaient de gaieté.

— Que faites-vous là, vous autres! à me rire au
nez comme des hyènes? — Dan brandissait son
gourdin : — Filez!

Une grêle de *coua, coua,* lui répondit.

— Le premier qui souffle mot, je l'étends raide!

— Si tu l'attrapes, Dan Corbett! — siffla une

voix insolente, pendant que dix doigts allongés en manière de *nique*, soulignaient le défi.

— Si, je, quoi? Parie que c'est toi, vermine, qu as fait le coup!

Dan, visage pourpre, paupières injectées de sang, s'élança. On ne riait plus.

— Gardez-vous! Gardez-vous!

Le mauvais plaisant fuyait, plus rapide qu'une locomotive, dans la direction de Knowe Park.

Bess, occupée à traire Daisy; M. et Mrs. Barrie, qui rattachaient des clématites, attirés par le bruit, s'avancèrent tous trois au bord du mur. Haletant, hors d'haleine, notre drôle, serré de près, sentait déjà la massue de Corbett lui fracasser les os.

— Halte! Corbett! — cria M. Barrie.

Dan ralentit le pas, baissa l'assommoir, se mit au port d'armes, non sans vociférer plus ou moins haut :

— Il me le payera, tout de même! Il me le payera!

Poursuivi, poursuivant, curieux, arrêtés par le mur d'enceinte, attendaient l'issue du drame.

— Que signifie ce vacarme? demanda M. Barrie : Et vous, Corbett, pourquoi cette furie?

— Furie! Votre Honneur? On serait furieux à moins. Volé, insulté, vilipendé, par.... par... — Dan cherchait une épithète énergique, laquelle, toutefois, n'offensât pas les oreilles du pasteur; de tous les adjectifs qui se pressaient sur sa langue, aucun ne répondait au but. Enfin : —.... Par ce *Dépendu!*

beugla-t-il : ce *Débouclé* de la potence! qui m'a mis dedans! qui... que!.... — Dan fit le poing.

— Silence, Corbett! Vous êtes hors d'état de vous expliquer. — Puis se tournant vers les spectateurs : — Encore une fois, reprit M. Barrie, pourquoi ce tapage?

Rib, plusieurs autres, essayèrent des narrations qu'interrompaient aux premiers mots les fous rires. L'accusé lui-même, se sentant à l'abri, ne put aller plus loin que :

— Dan avait mis couver......

Corbett, seul, debout, au milieu de la foule que secouait une irrépressible hilarité, ne riait pas. Chacun de ces éclats, tombait sur son cœur comme huile sur le feu.

— Corbett! — lui dit alors, d'un ton ferme et doux à la fois, M. Barrie : — Corbett, on vous a chagriné; je ne ris pas, moi. Voyons, contez posément votre affaire.

Dan relata l'histoire. Les rires se faisaient plus étouffés, sinon moins irritants. D'un simple mouvement de sa main, toujours crispée sur l'assommoir, Corbett fit reculer les plus proches :

— Tas de gorilles! murmura-t-il.

M. Barrie écouta le tout sans sourciller. Plus d'une fois, Mrs. Barrie porta son mouchoir à ses lèvres, tandis que Bess, cachée derrière un buisson, ne se gênait pas pour rire tout son soûl, répétant :

— Si jamais!....... Si jamais! — Soudain, elle s'ar-

rêta court, réfléchit un instant, balbutia : — Bonté
du ciel, c'est ça! — et s'avançant vers Dan Corbett :

— J'ai là, fit-elle, venus l'autre semaine, un régiment de poussins montés sur échasses! Des becs....
longs comme ça! Tranchant..... pis que des sabres!
Jamais mes poules ne se seraient permis de me
pondre pareils monstres. Ça doit être vos œufs!

— Vous dites?... s'écria Dan, ne respirant plus : —
Ils sont éclos ?...

— Aujourd'hui huit jours.

— Montrez.... faites voir! Ici! Arrive un peu, Rib!
— La figure de Dan se détendait : — Et il y en a?

— Onze sur treize. Deux des œufs n'ont rien donné.

— C'est ça! c'est ça! — Dan escaladait déjà le
mur.

— Minute! Vaudrait mieux attendre à demain,
de bonne heure! Plutôt que de venir me les agiter
ce soir, qu'ils sont sous la poule, au chaud!

— Attendre! Et vous croyez que je dormirais?
Les agiter! pas peur. On s'y connaît!

— Ou l'on ne s'y connaît pas! — grommela Rib
entre ses dents.

Bess donc, conduisit nos deux compères au nichoir, souleva la vieille couverture tendue sur la
porte, crainte des courants d'air, ouvrit.... et Dan
Corbett, ivre de joie, vit deux formidables petits
becs, se dresser contre lui! Son œil exercé, bien
qu'unique, ne s'y méprit pas cette fois :

— Des purs! Deux coqs! Rib, écarte-moi douce-

ment la mère, que je voie les autres! — l'ordre
exécuté : — Six coqs, pas un de moins; et cinq
poulettes! — La voix de Dan résonnait comme un
clairon de victoire.

— Dan, mon vieux, te voilà riche! — fit Rib en
bon prince.

Dan prétendait emporter sur-le-champ son trésor.

— Pour ça, non! — s'écria Bess, d'un ton qui
n'admettait pas de réplique : — Ils ne bougeront
pas d'ici avant demain. Et, Dan, si vous voulez
m'en croire (ajouta-t-elle, l'air plus conciliant)
vous les laisserez avec la mère, chez nous, jusqu'à
ce qu'ils puissent se passer d'elle. Vous leur ren-
drez visite, tant qu'il vous plaira, Dan Corbett. Et
j'en aurai soin...... tout comme s'ils n'étaient pas
si laids!

Dan consentit, bien qu'à regret. Mais à quoi il
ne consentit pas, ce fut à garder les malencontreux
canetons :

— Voir ces horribles bêtes! peux pas. D'ailleurs,
les autres, mes vieux coqs, les piqueraient à mort.
Et je n'ai ni mare ni flaque où les mettre..... — le
mot *nager* eut peine à sortir : — Prenez-les, vous,
mam'selle Bess, en *par-contre*. Est-ce dit?

Notre ménagère se fit un peu prier, en l'honneur
de sa dignité personnelle, de la haute position de
ses maîtres, qu'elle tenait d'autant plus à maintenir, que le départ de la Manse semblait légèrement
l'écorner; après quoi, elle accepta.

Le lendemain, Bess trouvait, suspendus à la porte
de sa cuisine, un fort saumon — 10 livres pesant
— flanqué de trois grosses truites....... lesquelles
n'avaient peut-être pas passé sous les yeux du
garde-pêche.

D'où venait le cadeau? Un sourire effleura le
lèvres de Bess. La prise était-elle légale? Hum,
Hum! Pouvait-on, en conscience, profiter de l'au-
baine?

Il faut croire que Bess tourna la difficulté — on
sauta par-dessus — car le saumon s'étalait, entouré
de persil, le jour même, sur la table de Mrs. Barrie;
et les truites, fricassées le soir, emplissaient le cottage d'un parfum, qui eût réveillé l'appétit du plus
rassasié gourmand.

Grâce aux couvées, Dan ne manquait pas de pré-
textes pour se rendre à Knowe-Park, y faire un
bout de conversation avec Bess, et s'y montrer sous
ses meilleurs aspects.

Les cochets de combat repris, installés dans sa
propre chambre — qui par parenthèse, restait en
matière d'ordre et de confort, très inférieure au
nichoir de Bess — Dan Corbett n'en continua pas
moins ses visites. C'était tantôt ceci, tantôt cela :

— Dites donc, mam'selle Bess! fit-il un jour :
Comment que vous gouvernez vos poules? Que vous
avez des œufs frais en décembre! Que vous en
envoyez par douzaines au marché! Que c'est comme
si elles pondaient de l'or!

Bess eut son fin sourire. Dirait-elle son secret, ne le dirait-elle pas? Mais, saumon, truites et canetons ui pesaient sur le cœur. Bess n'était pas femme à recevoir, sans rien donner en retour. Elle ferma la porte, fit signe à Corbett de s'approcher :

— Mes poules ne travaillent ni plus ni moins que les autres! dit-elle : Je n'en obtiens ni un, ni deux, ni trois œufs en décembre.

— Alors? — s'écria Dan, les yeux écarquillés.

— Alors, en juin, quand ils foisonnent, qu'elles les sèment partout; je les recueille, je passe une fine couche de beurre dessus, je les mets dans un baril, sel marin entre chaque rangée..... et voilà.

— Merci, mam'selle Bess, merci! Pour quant à vous, qui trouvera la pareille!....

Bess le conduisit tout doucement au portail, ouvrit le battant, le referma, avec un *clic*, sur les talons de notre homme; cueillit quelques brins de serpolet, de marjolaine, de lavande, les mit dans son corsage, et s'en fut en chantonnant sarcler ses pois.

Depuis la certaine aventure, les divers sobriquets accumulés sur la tête de Dan Corbett s'étaient évanouis, pour faire place à celui-ci : *Large bec!*

On le lui prodiguait par derrière. Par devant, nul ne s'y serait risqué.

Or, un jour de foire, ne voilà-t-il point que Thomas Scott, le meunier du moulin Babbie — grossier

malotru — causant sur la place avec M. Taylor,
l'*ancien*, se met à ricaner (il y avait foule, Corbett
passait) :

— *Larges becs* ou pas larges! On verra sur le terrain. Pur sang! Pur sang!

Dan s'arrêta, regardant le meunier au blanc des
yeux.

— « J'essayai bien, racontait-il plus tard, de me
verrouiller la bouche! Mais là, dans le gosier, je sentais comme un caillou : Fallait que ça sorte! Je fais
un coup d'œil à M. Taylor, qui connaît la meunière,
une *porte-culotte*, que ça fait marcher son homme
Martin-bâton : « — Monsieur Taylor, que je dis;
avez-vous, par hasard, vu de gros dindons, piqués
par de vieilles poules! — » M. Taylor riait sous
cape : — « N'y a qu'à regarder du côté de moulin
Babbie! »

A partir de ce jour, Dan recouvra son nom pur
et simple : *Corbett;* tandis que l'aristocratique nom
de *Scott,* gloire du meunier, céda le pas à cet
autre : *Vieux Dindon;* de moins noble, mais de
plus antique origine.

VIII

L'ÉGLISE LIBRE DE BLINKBONNY

Esquisser d'un trait impartial, sans esprit de parti, les débuts de l'Église libre dans notre bourg; c'est ce que je vais essayer, demandant à Dieu : sincérité, loyauté, charité !

La séparation, en Écosse et ailleurs, peut à bon droit se ranger parmi les grands faits de l'histoire.

Le jour où elle s'accomplit chez nous : le 23 mai 1843, restera une des plus glorieuses dates du pays.

Ce jour-là, une bataille se livra, entre les consciences et les intérêts. Ce jour, la conscience fut la plus forte.

Quelle nation, en présence d'un tel anniversaire, ne se sentirait fière, énergique, mieux certaine de sa vitalité, mieux astreinte au devoir ? — Honneur oblige !

Les témoignages de sympathie, pas plus que les tributs d'admiration, ne firent défaut à la nouvelle Église. Ceux mêmes qui nous combattaient, ne pouvaient s'empêcher de nous serrer la main. Il y avait deux camps, deux principes, deux convictions; mais devant le courage chrétien qui avait tout sacrifié, un sentiment primait tout : le respect.

Nul ne méconnaissait la grandeur de l'acte.

Pour obéir au Maître, des hommes cultivés, des hommes d'expérience, bien vus, hautement appréciés, dans la force de l'âge, sur le déclin de leurs années, la plupart sans ressources matérielles; avaient rompu avec des positions certaines, avec des succès noblement remportés, avec leurs amis parfois, leurs proches souvent, pour se lancer, eux et leur esquif : femmes, enfants, sur l'océan aux immensités ténébreuses.

Applaudir, et se croiser les bras! Nos partisans (ceux de la *disruption*) étaient trop sérieusement convaincus pour faire cela. Ils se groupèrent autour des pasteurs, ouvrirent leurs maisons et leurs bourses, en même temps qu'ils démolissaient les préjugés.

Il fallait plus. Il fallait organiser le mouvement, réunir les forces, créer des lieux de culte, poursuivre les œuvres anciennes, en commencer de nouvelles. On ne vit, qu'à la condition d'agir. Chacun donc, séculiers, révérends, chacun travaillait. L'Église libre d'Écosse, assise sur des fondations profondes, montait, s'élargissait, s'affirmait.

Tout cela est vite dit; l'accomplir était moins facile. Notre génération actuelle, ne se doute guère des rochers dont se hérissait le chemin.

S'agissait-il de chapelles à bâtir, possédait-on l'argent? impossible d'obtenir le terrain. D'inébranlables refus répondaient invariablement à nos offres — sûr moyen, pensaient les propriétaires, de nous ramener dans le giron officiel.

Un respect général entourait l'Église indépendante, sans doute, mais les humiliations, voire les persécutions de détail, n'étaient épargnées ni aux pasteurs, ni aux troupeaux.

Que de fois, dans les solitudes du *Bas-Pays*, sur les plateaux glacés de *Wanlockhead*, les côtes désolées du Nord, les îles arides des archipels Écossais, n'a-t-on point dénié aux fidèles, non seulement le droit d'occuper quelques pieds de ce sol ingrat, mais jusqu'à l'autorisation de se réunir dans une grange abandonnée, de s'abriter sous un hangar à moitié éventré !

Alors, on vit naviguer le long de ces rivages hostiles, la *Betsy*, la vieille barque — 20 tonnes — qui, hors d'état d'affronter les colères de l'Atlantique, s'était transformée en presbytère flottant.

Au péril de sa vie, à travers les récifs, les bourrasques, les mille dangers qui l'attendaient en ces parages; le Rév. Swanson allait d'une île à l'autre

10

prêcher l'Évangile, consoler, fortifier les membres de la naissante Église.

Cela s'appela : *les croisières de la Betsy.* — Un livre émouvant en a conservé le souvenir.

Lorsqu'on apprit ce qu'ils enduraient pour l'amour de leur foi, ces frères du Nord : molestés, écrasés, loin du centre d'action, de chaleur et de vie ; un courant sympathique embrasa l'Écosse. Secours d'abonder, indignations d'éclater! A force de meetings, de publications, de dénonciations publiques, les oppresseurs comprirent enfin — ce fut long — que quelque chose ici-bas, est plus fort que la violence ; quelque chose qui a nom : la vérité!

Il faut connaître à fond nos villages Ecossais, le sérieux de nos populations agrestes, leur développement intellectuel, la spiritualité de ces âmes en habituel contact avec Dieu, avec le Seigneur, avec l'Éternité, pour réaliser l'importance des questions ecclésiastiques, en ces austères régions. Tout autre intérêt pâlit à côté.

Le problème actuel s'y posait donc, brûlant, incessant.

— A quelle Église vous rattachez-vous? à quel pasteur? où irez-vous écouter la parole : dans le temple ? sur les communaux? — On n'entendait plus que cela ; et des discussions où la profondeur, disons-le, égalait la passion.

Une jolie chapelle indépendante — emplacement

et fonds se trouvèrent sans peine — nous reçut avant l'hiver.

Restait à nous constituer.

Le *Conseil* [1] se composa des anciens, qui, presque tous, avaient suivi M. Barrie.

Désireuse de retourner au modèle apostolique, sentant bien que là était sa force, comme là était sa raison d'être; l'Église rétablit la charge des *diacres*. — Soigneusement choisis, solennellement élus, ceux-ci veillent aux intérêts matériels du troupeau; tandis que les *anciens*, préposés, de même que dans les primitives assemblées, aux intérêts spirituels, relèvent les abattus, réprimandent les déréglés, soutiennent les faibles, instruisent les ignorants [2].

Et n'est-ce point à ce respect des ordres divins, à cette poursuite du divin type, à cette fidélité envers: « *ce qui est écrit* » que l'Église d'Écosse doit ses prospérités et sa grandeur?

Je ne songeais pas au *Diaconat* — me dit un jour Georges Brown — lorsque, relisant les Actes des apôtres, j'y ai vu comment, faute de diacres, la discorde avait failli s'introduire dans l'assemblée! Une fois les diacres trouvés, promus au soin des indigents : désordre, récriminations, querelles, tout disparaît. Les saintes Écritures, Robert Wendall,

1. Conseil d'Eglise.
2. Le *Conseil* exerce, en outre, une haute surveillance sur les affaires séculières : *anciens* et *diacres* formant ainsi, dans leur double action, double force et double sécurité.

ont en fait d'Eglise... et d'autre chose... plus d'un enseignement à nous donner. Ce que nous avons besoin d'apprendre, nous, c'est à obéir.

Blinkbonny m'admit au nombre de ses diacres.

Chacun, dans l'assemblée, avait à cœur de servir.

Lorsqu'il fut question de nommer le sacristain.

— Pas besoin de faire des frais pour cela! — dit Walter Dalgleish, jardinier émérite, ferme adhérent de l'Eglise libre : — Si vous me faites l'honneur de m'accepter, je tiendrai à honneur, moi, d'exercer l'emploi!

Impossible de rencontrer mieux. Et lorsque plus tard, la caisse d'Eglise se trouvant mieux remplie, on offrit un salaire à Dalgleish :

— Salaire! s'écria-t-il . Pas un liard! je suis plus que salarié! N'avez-vous point lu, au second livre de Samuel, chapitre six, verset douze : « L'Eternel a béni la maison d'Obed Edom et tout ce qui est à lui, à cause de l'arche de Dieu! » — Moi et ma maison, frères, nous en pouvons dire autant. Si vous êtes satisfaits de votre sacristain, laissez-le continuer, aux mêmes conditions. S'il y a quelque chose à reprendre, reprenez-le ! « Mieux vaut entendre la correction d'un homme sage, qu'ouïr la chanson des insensés [1]. »

André, fils de l'*ancien* Taylor, prit avec même entrain les fonctions de chantre.

---

1. Ecclésiaste, VII, 5.

Un dimanche matin que debout, près de l'*ancien*
Taylor, William Morrison, diacre, retenu quelques
semaines loin de Blinkbonny, recueillait les offrandes
au seuil de la chapelle; des accents magnifiques,
lancés d'un voix pleine et juste, le font tressaillir :

— Qui est chantre ? — demande-t-il vivement à
M. Taylor.

— Mon André.

— Votre André, monsieur Taylor? — Puis, saisissant la main de l'*ancien :* — Ah! monsieur Taylor!
que c'est beau, tous ceux-là, qui tout à coup, comme
les *dix-sept cent soixante* du livre des Chroniques [1],
se réveillent « hommes forts et vaillants, pour faire
l'œuvre du service de la maison de Dieu! » Monsieur Taylor, faut que je chante, je n'y tiens plus!
Et sa colossale voix de puissant charpentier,
appuye l'accord des voix qui, dans l'intérieur de la
chapelle, proclament les gloires de Dieu.

Ce qu'on chantait ainsi, c'étaient les Psaumes.
L'orage qui grondait dans notre ciel, leur donnait
une actualité pénétrante. Longtemps on les avait
redits du bout des lèvres, par routine, l'esprit absent.
Maintenant, la seule lecture des strophes qu'allait
entonner l'assemblée, faisait battre les cœurs; chaque mot portait, chacun semblait écrit pour l'heure
présente. Les avait-on jamais entendus? l'oreille,
oui; pas l'âme. Et quand de toutes ces âmes, enfin

---

1. *Chron.* IX.

réchauffées, montaient les Psaumes vers l'Éternel,
on sentait passer le souffle du Saint-Esprit. Parmi
eux, le 60e :

> « C'est un rocher que notre Dieu,
> Une invincible armure ! »

l'hymne inspiré qu'a traduit Luther, nous jaillissait
le plus ardemment de la poitrine.

Les cantiques modernes — j'ai peut-être indiqué
la cause — ne s'implantèrent que difficilement sur
notre vieux sol Ecossais. Ils occupent aujourd'hui
dans notre culte, une place qu'ils méritent à coup
sûr. Nos vieillards néanmoins, nos solides, nos
chrétiens du bois dont on faisait les Knox, les
Brown, trouvent qu'ils *n'empoignent pas*. Les
Psaumes resteront pour la jeune Eglise, l'expression virile de son adoration, de sa prière et de sa
foi.

Cet été-là — 1843 — marqua, on le comprendra
sans peine, une ère nouvelle dans la carrière de
notre pasteur.

Homme de conscience, de dévouement et de travail toujours (il ne montait point en chaire sans
avoir soigneusement élaboré son sujet) une flamme
semblait s'être allumée en lui, un zèle plus fervent
l'animer, quelque chose de plus intime l'unir à son
troupeau ; on sentait la sève circuler à plein jet.

Loin d'élargir les portes de l'Eglise, M. Barrie

insistait, auprès des jeunes spécialement, sur le
sérieux de la profession chrétienne :

— Ne vous prononcez pas à la légère! leur disait-
il : N'obéissez pas à quelque impulsion irréfléchie!
Ne prenez pas l'émotion pour la conversion, l'élan
d'une heure pour la résolution définitive qui donne
l'âme à Christ. Que vos actes ne dépassent jamais
vos croyances ; que jamais vos paroles n'aillent par
delà votre foi ! Jean-Baptiste a précédé Jésus. Là où
Jean-Baptiste n'a point passé, Jésus ne s'arrête pas.
Sans la détresse du péché : ni salut réel, ni vrai
changement du cœur!

Entièrement consacré au service de son Maître,
tout, chez notre pasteur : expérience, savoir, exer-
cices de la pensée, tout venait enrichir ses enseigne-
ments. Il tirait littéralement de son trésor « des
choses anciennes et des choses nouvelles ». Lui-
même sentait monter les effluves de vie. Préparait-
il un discours? les idées se pressaient, la lumière
l'inondait, les portions même de l'Ecriture qui jusqu'alors lui étaient demeurées ou ternes ou obs-
cures s'éclairaient, elles resplendissaient! Ces filons
qui naguère lui semblaient pauvres, peut-être parce
qu'il n'y plongeait pas une main assez ardente, l'or
y ruisselait ! Plus question de recourir aux traités
de théologie, aux docteurs, aux savants. M. Barrie
— et ce n'était pas sa moindre surprise — n'y songeait même plus. Ayant la Bible, il avait tout :

— Je ressemble à l'impotent de la Belle Porte!

disait-il : Paralysé dès le sein de ma mère! Et me voici, sautant, marchant, et louant Dieu[1]!

Délivré, grâce à l'administration de Mrs. Barrie, au savoir faire de Bess, du lourd fardeau d'inquiétudes qui, un moment, avait pesé sur son esprit, notre pasteur se consacrait, en pleine liberté, aux devoirs de sa vocation.

J'ai parlé de devoirs. Celui de *donner*, sortit pour nous des limbes où le tenaient, et l'ancien système, et notre égoïsme.

L'*offrande* occupe, soit dans l'Ancien Testament, soit dans le Nouveau, une place dont l'importance nous avait en partie échappé. Elle se révéla. Non seulement l'obligation apparut à notre conscience, mais elle nous toucha le cœur. En ce temps de joyeux service, de franche volonté, les dons affluaient. Notre congrégation fournit, pendant la première année de son existence, une somme supérieure au total perçu durant quinze années de l'ancien régime.

Et il en allait ainsi dans toute l'Ecosse. Cette *pluie de 1 000 livres par jour*, comme l'appelait le Dr Chalmers, continuait sans accalmies ; si bien que ceux-là qu'en 1843, on nommait des martyrs ; passaient en 1844, pour des insensés.

Ce fut bien pis, lorsqu'après ses chapelles, l'Eglise indépendante se mit à construire des écoles ! Pour

---

1. Actes III, 1 à 10.

le coup, il y en avait trop ! La barque surchargée allait sombrer ! — Mais le vaisseau ne coula pas. Plus on le chargeait, mieux il voguait. La charité enflait ses voiles, Dieu le portait sur les flots, plus s'accroissaient les dépenses, mieux se multipliaient les dons.

Si l'on songe à ce fait, qu'une moitié tout au plus des membres de l'Église Établie, formait l'Église Libre d'Ecosse ; que les contributions de la masse entière aux œuvres religieuses, avant la *disruption*, ne se proportionnaient en aucune façon, aux capitaux dont elle disposait alors ; on mesurera la puissance du courant fertilisateur qui passait tout à coup sur ces terres sèches ; on admirera la sincérité de l'élan, sa persistance, la grandissante ampleur de ses générosités.

1847 et 1848, dures années, mirent notre constance à l'épreuve.

Maladie des pommes de terre, crise commerciale, amenaient partout la gêne ; la misère chez quelques-uns.

On se refusait, pour venir au secours des Highlanders, des Irlandais, de quiconque était en souffrance, même le nécessaire. Doubles, triples fardeaux, écrasaient les membres de l'Eglise ; et cependant, les fonds de l'Eglise ne baissèrent pas.

Une grave question, aussitôt résolue que soulevée, nous avait vivement préoccupés :

L'Église Libre fonderait-elle des missions étrangères?

Ses obligations prochaines, ses engagements contractés : chapelles à bâtir, écoles à ouvrir, pasteurs à aider, tout cela, sans revenus certains, le lui interdisait pour l'heure présente. Le devoir actuel n'était pas là. Eût-elle voulu passer outre, les moyens matériels faisaient défaut.

Les missionnaires cependant, bien qu'éloignés de la patrie, n'en étaient ni moins au fait du conflit, ni moins en droit de se prononcer.

Rompraient-ils avec l'Église Etablie, l'Eglise dont ils tenaient leur mandat, leurs ressources ? l'Église qui conservait intactes, ces richesses qu'aucune crise intérieure n'avait ébranlées, que n'avaient amoindries aucuns besoins nouveaux ? — Se rattacheraient-ils au contraire à l'Eglise indépendante : à cette Eglise qui ne pouvait, ni rien promettre, ni rien garantir?

Eux! peu leur importait. Les privations, la souffrance, ils y étaient accoutumés. Mais l'œuvre en pays païen ! Car, là aussi, il y avait des chapelles à construire, des écoles à créer ; l'Évangile à transcrire, à imprimer, à répandre! Et les malades et les pauvres! ces éternels compagnons du chrétien ici-bas.

Les missionnaires, tous, adhérèrent à l'Église Indépendante.

Oh! ce moment où arriva la nouvelle!

Oh cette émotion, cette joie, quand le congrès d'automne — Glascow — apprit la décision !

Babel à côté de nous, eût semblé silencieuse. La salle entière se leva, les amis échangeaient des poignées de main; on criait, on bondissait, j'allais dire : on hurlait. — Jamais hommes *sérieux* réunis en assemblée officielle, n'oublièrent à ce point leur solennité.

Après l'enthousiasme, la réflexion. L'Eglise Libre ployait presque sous le faix; allait-elle accepter ce fardeau de plus? Ne serait-ce point, comme certain roi, marcher avec dix mille soldats, à la rencontre de vingt mille?

Défendre le terrain gagné? s'élancer à de nouvelles conquêtes? Où était la volonté de Dieu?

La foi criait : En avant!

La vue répondait : Ne bouge pas!

— L'Edifice tient sur sa base, disait-elle, il s'élève peu à peu; sous un pareil couronnement, l'édifice croûlera.

— Jamais!

Ce cri triomphant, éclata d'une seule voix. D'un seul jet, la foi transporta les montagnes.

Mais tout n'était pas dit. Une lutte se préparait, entre l'ancienne Église et la nouvelle, sur le terrain du droit.

Les fonds précédemment collectés en faveur des missions étrangères, demeuraient, bien que la plupart des donateurs se fussent séparés d'elle, aux

mains de l'Eglise Etablie. Elle entendait en conser-
ver la gérance, ainsi que la propriété des terrains,
bâtiments, établissements de tout genre, créés dans
le même but, avec les mêmes dons. — L'Eglise
Etablie, consentait en un mot à céder les hommes
— il le fallait bien, puisqu'ils s'étaient séparés d'elle
— quant à la caisse : non !

On discuta. Les membres les plus autorisés de la
Disruption insistèrent — affaire de bon sens et
d'équité — sur le partage des biens, tant meubles
qu'immeubles. Grâce à Dieu, ils ne furent pas seuls
à réclamer. Des voix s'élevèrent, au sein même de
l'Église Établie, en faveur du droit :

— Ce que nous prétendons garder, nous appar-
tient-il ? — s'écriait le Rév. X., un des *pères* de
l'Église officielle : — Il n'y a pas d'autre question.
L'arrêt, dépend du tribunal par-devant lequel vous
la porterez. Salomon aurait dit : — « Rendez l'enfant
à la vraie mère ! » — L'enfant déjà, s'est jeté dans
ses bras. Elle a pris la vie ; ferons-nous cette mes-
quinerie, de lui refuser l'argent [1] !

L'Église Libre avait accepté missions et missionnaires ; restait à les soutenir ; par conséquent, à pro-
voquer des souscriptions.

— Impossible, avant d'être mieux affermis chez
nous ! — répondaient pour la seconde fois les *sages*.

Mais les sages comptaient sans les dames. Une

---

1. L'auteur ne donne pas la conclusion du débat. TRAD.

fois la cause épousée par cette belle, ardente, et
tenace moitié du troupeau; l'*ancien* Taylor fut contraint, tout en protestant, de convoquer un meeting
ad hoc, et d'y présenter le sujet.

Dire qu'il le fit de bonne grâce, ce serait mentir :

— Frères! — ainsi s'exprima notre vénérable
ami : — Les membres de l'Eglise peuvent-ils *donner*, à quoi, à qui, et comme il leur plaît?

— Sans doute! — répondit le *Chairman* [1].

— Bien. Il y a ici des gens qui veulent donner
aux missionnaires. — Silence : — Je pense qu'il
faut nommer un *comité des missions*.

Ainsi dit, ainsi fait. — Au bout d'une année,
Blinkbonny avait collecté 42 livres pour cet objet
spécial! Et si peu en souffraient les autres œuvres,
que Georges Brown, timide parmi les timides (en
matière de questions financières s'entend) s'écriait :

— Je crois en vérité, que nos gens sont *faits
d'argent!*

L'argent? c'est qu'on avait appris à s'en séparer;
c'est que l'intérêt pour le salut des âmes, s'était
réveillé au fond des nôtres; c'est que les vieux jours
du vieil engourdissement avaient pris fin.

Je me rappelle encore H. Ramsey, un de nos
riches fermiers, venant, jadis, me prier de lui échanger un shelling contre deux pièces de six pence :

— Fait-on pas une collecte ce soir, pour les mis-

1. Président.

sions? — me demandait-il; et soupirant : — Faut
bien mettre *un* six pence [1] !

La semaine suivante, notre homme, le même,
présentait une médaille d'argent.... au *club des
barbiers*. — Le trait peint l'époque.

Réconcilier les personnes d'âge, avec cette nouveauté : *Missions*, ne prit pas mal de temps.

Tous ces écus sonnant clair, qu'ils voyaient partir
pour.... on ne sait trop où, leur coûtaient gros.

— Monsieur Wendall! — s'écriait James Wilk, le
vieux garde-chasse, comme nous revenions du meeting où s'étaient produits les comptes de l'œuvre
missionnaire : — monsieur Wendall! Ai-je bien entendu? Le trésorier a-t-il vraiment dit, que *nous
avons donné* 42 livres pour ces missions?

— Oui, mon brave James : 42 livres.

— Fameux tas d'argent! Rude belle somme! Pensez-vous pas, monsieur Wendall, que c'est pourtant
pitié, de voir tout ce bon argent sortir du pays!

Deux anecdotes pour terminer.

C'était au synode annuel de l'Eglise indépendante.

Le Shériff Monteith, appuyant le rapport sur la
mission intérieure — évangélisation — ajouta : —
« Laquelle n'a rien du roman des missions étrangères. »

1. Douze sous.

A peine le mot lâché ; bondissant comme un tigre sur sa proie :

— *Roman!* tonne le Dr Duff[1] : ROMAN, monsieur ! ROMAN, vous l'avez dit ! Les ardeurs du soleil qui brûlent nos hommes aux Indes ; est-ce du roman ? Quitter père, mère, famille, homme, pays ; est-ce du roman ? Vivre au milieu des infamies du paganisme, est-ce du roman ? Marcher au-devant de la mort, la subir ; est-ce du roman ?

Entre chaque sentence, le Dr Duff, terrible, menaçant presque, avançait d'un pas ; jusqu'au moment où murmurant je ne sais quoi, dents serrées, à l'adresse de ceux-là qui n'abandonneraient pas même le coin de leur feu, pour s'en aller visiter Cowgate et ses repaires, le poing de l'orateur se trouva dangereusement rapproché de la face du Shériff :

— ROMAN ! cria-t-il une dernière fois : **EN VÉRITÉ !** — Puis retournant à son fauteuil, il y tomba comme anéanti.

Le discours était bref. Je n'en ai guère entendu de plus fort.

Épandue sur les flots en courroux, l'huile, dit-on, en apaise les furies. Le Dr Buchanan, ici, versa l'huile ; la tempête se calma.

Quelques paroles, empreintes de douceur, d'amour, de dignité, avaient suffi. Et lorsque, prenant la

1. Un des plus grands missionnaires de l'époque.

main du Shériff, celle de l'orateur frémissant encore
d'indignation, le Dr Buchanan les plaça l'une dans
l'autre ; lorsque les deux antagonistes échangèrent, au milieu des applaudissements, une cordiale
étreinte ; je ne crois pas qu'on pût voir réunis, là,
sur l'estrade, trois plus nobles, plus beaux, plus
vrais chrétiens ! Il me semblait contempler, en ce
groupe vivant, la personnification des trois vertus
suprêmes : Foi, Espérance, Charité.

Une autre assemblée, remet devant mes yeux la
même figure, celle du Dr Duff : visage puissant,
brûlé du soleil ; chevelure buissonneuse, relevée —
j'allais mettre : hérissée — droit sur le front :

— A mon retour des Indes — dit-il, promenant
un regard mélancolique sur nos rangs — j'ai cher-
ché les célébrités d'autrefois : Thomson, Dickson,
M'Crie, Chalmers. Où étaient-ils ? Pas dans la demeure des vivants. Pour en retrouver quelque chose
de tangible, il me fallait errer parmi les sépulcres
des cimetières. Mais lorsque, dans le fourmillement
de nos rues, je rencontrai le D^r M'Crie, digne fils
d'un digne père ; le Dr John Brown, le Dr Grey, le
Dr Glover, tant d'autres qui, à leur tour, tenaient
haut élevé l'étendard du maître, je m'écriai : Dieu
soit loué ! le nombre est grand, des prédicateurs de
l'Evangile en Ecosse ! Parmi eux, toutefois, qui
songe aux Indes, qui pense à ses dizaines de mil-
lions ? Que fait l'Eglise d'Ecosse, pour les milliards
du monde païen ? Une mère Ecossaise (poursuivit

Duff, son sourire était radieux) une mère Ecossaise,
loyale aux Stuart disait :

> « Je n'ai qu'un fils, mon brave, aimé Douglas ;
> Il est parti, pour le Prince *Charlie* [1] !
> Si j'en avais dix ; au prince Charlie,
> Tous les dix, je les donnerais !

— Mères chrétiennes d'Ecosse ! — le regard de Duff
étincelait : — Je ne vous demande pas vos dix fils !
En ces jours de petite foi, de maigres actes, je vous
en demande *un* sur dix ! Donnerez-vous moins au
Roi des rois, que la mère de Douglas, au prince
Charlie ?

1. Le Prétendant. TRAD.

IX

M. Walker, le nouveau pasteur officiel de Blinkbonny, ne manifesta, bien que la majeure partie
du troupeau eût suivi l'ancien berger, ni dépit, ni
mauvais vouloir envers M. Barrie. Résolu de vivre
en paix avec tous, un tact parfait dirigeait ses
mouvements. S'il parlait de l'Eglise indépendante
— et il en parlait peu — nulle expression légère
ou blessante n'échappait à ses lèvres. Il s'étonnait,
comme beaucoup d'autres avec lui, de l'enthousiasme qu'elle continuait d'exciter ; de tout l'argent
qu'elle recueillait ; de cette multiplicité — peut-être
exagérée — de ses continuels meetings, lesquels,
invitant sans cesse les fidèles à se réunir, dans la
soirée surtout, risquaient fort d'empiéter et sur les
devoirs sacrés et sur les saintes intimités de la
famille :

— Que nos frères — disait non sans raison
M. Walker — que nos frères prennent garde à un
intrus qui, facilement, se mettrait de la partie :
l'orgueil spirituel.... le pire de tous ! Mais — se
hâtait d'ajouter le pasteur : — Un bien réel, quoi
qu'il en soit, un très grand bien s'opère par ces
moyens nouveaux ; je m'en réjouis sincèrement.

Bienveillant, serviable, sensé ; M. Walker avait
une manière à lui, cordiale et tranquille, d'adresser
ici un bon conseil, là un avis pratique, ailleurs une
consolation, plus loin une amicale remontrance. Les
flèches, d'ordinaire, touchaient le but.

Si M. Morrison, le ministre presbytérien, respec-
tueux admirateur des Pères de l'Eglise, était théo-
logien plus profond ; M. Barrie, le disciple de Knox
et de Calvin, prédicateur plus impressif ; M. Walker,
positif, facile, rompu aux affaires de la vie, était —
au sens littéral du mot — le meilleur *pasteur* des
trois.

Rencontrait-on M. Morrison ? on sentait le docteur : empesé, tendu, courtois par condescendance ;
on restait *distancé*.

Avec M. Barrie : l'affabilité, la bonté, la sympathie
en personne, rien de pareil. Mais notre *conducteur*
semblait parfois, ou si absorbé, ou si pressé, qu'à
grand'peine osait-on lui dérober un instant.

M. Walker, lui, avait du temps, et de l'attention,
au service de tout et de tous.

N'allez pas le prendre pour une de ces natures

bonaces, complaisantes faute de volonté. Membre
du Bureau d'Assistance, dont il s'occupait active-
ment, si M. Walker plaidait la cause des vrais pauvres, il renvoyait sans merci les paresseux.

Ce n'est pas tout, horticulteur autant qu'agriculteur, le nouveau titulaire organisait de modestes
expositions de fleurs, de fruits, de légumes ; s'inté-
ressait à la culture des jardinets, qui bientôt, grâce
à lui, devinrent la gloire des ménagères. J'ai dit les
jardinets, mais la chose publique, elle aussi, profita
de son expérience ; l'hygiène entre autres, lui dut de
sensibles améliorations, à ne parler que de ce vaste
et gai préau, ouvert aux écoliers de notre ville !

Sans jamais abuser de l'influence que lui donnait
sa position, sans jamais oublier ce que requérait
de lui son ministère, M. Walker devint donc, à son
insu peut-être, l'homme important de Blinkbonny.

Parmi la pile de sermons, tout écrits, tout prêts,
tout neufs — pour Blinkbonny du moins — qui
figurait dans son bagage, il en était un : *Le semeur*,
que M. Walker prisait par delà tous les autres. Sujet
bien fait pour l'inspirer, lui, l'agriculteur hors ligne !

Il l'avait revu, retouché, étendu, développé, de
telle sorte que débordant la mesure ordinaire, le
discours ne tenait plus dans les trois quarts d'heure
alloués à la prédication, et que M. Walker, après
en avoir donné les deux premières sections à son
auditoire, fut obligé d'annoncer que les deux au-

tres, les dernières, prendraient place : culte du matin, le dimanche suivant.

Par malheur, ce dimanche-là, une célébrité d'Edimbourg prêchait dans la chapelle indépendante.
M. Walker, pour la première fois, se trouva vis-à-vis
de bancs déserts ou peu s'en faut. C'était dur : il le
sentit.

— Triste! cet abandon de l'Eglise! — disait-il le
lendemain à son paroissien Jack Smith : — Et pourtant (est-ce une illusion?) je nourris mon troupeau
de fine fleur de farine! Ce Rév. D***, après qui tout
le monde courait hier.... je le connais; nous avons
fait nos études ensemble : certes l'homme, alors, ne
passait pas pour un aigle!

— Oh oui! oh oui! monsieur! — répondit l'honnête Jack : — Vous nous servez votre meilleure
farine! Nul ne s'en plaint! Mais, voyez-vous, monsieur, nos femmes aussi, font des galettes avec leur
plus blanche farine! Et cependant, toutes bonnes
que sont les galettes, elles ne perdent rien à ce
qu'on mette, là, de temps en temps, un brin de
beurre dessus!

M. Walker sourit :

— Les miennes ne sont pas assez beurrées. Hein?
Jack Smith souriant à son tour :

— Si j'osais ainsi dire : C'est ça, monsieur le ministre.

Bess, peu à peu réconciliée avec l'usurpateur, ne

voyait pas sans une certaine jalousie, les jardins de
la Manse prospérer, juste comme de son temps. Une
consolation lui restait toutefois : la mauvaise herbe
poussait dans les allées! Bess n eût pas souffert cela.

Déménagement. installation, avait fait large brè-
che à la caisse — pauvre petite caisse où le billon
tenait, à coup sûr, plus de place que l'or. — Les
enfants grandissaient; les garçons, ces malheureux,
devenaient de robustes gaillards, dont les jambes et
les bras trop longs, s'obstinaient à sortir de jaquet-
tes et de pantalons trop courts!

OEuvres nouvelles, œuvres anciennes, charges
sans nombre.... il fallait pour y suffire, tout le sa-
voir-faire de la maîtresse, joint à l'infatigable activité de la servante.

Quelque lourde que fût sa tâche, Mrs. Barrie ne
s'en laissait pas écraser. Esprit lumineux, cœur
chaud, consacrée avant tout à son mari, à sa famille, Mrs. Barrie avait du temps — et des pensées
— pour les graves questions qui s'agitaient, pour
les indigents, pour les affligés.... et pour les heureux aussi.

Bess, au logis, au potager, à l'étable, semblait
être partout à la fois. Durant les longues soirées
d'hiver on la voyait, penchée sur son ouvrage, tantôt raccommoder les vêtements des garçons, tantôt
maniant un jeu d'aiguilles, tricoter paires de bas
sur paires de bas, tandis que ses yeux parcouraient
les publications religieuses, et que réfléchissait son

esprit. Seules, les nouvelles relatives à l'Eglise Libre, avaient la puissance de l'émouvoir; les autres — se fût-il agi d'un royaume en déconfiture — Bess s'en souciait comme de cela!

Quand vint le terme de novembre, Mrs. Barrie, ployant le semestre de Bess dans une belle feuille de papier blanc, lui tendit le menu paquet, sans ajouter un mot. — Depuis longtemps, par un mutuel accord, on ne parlait plus de se quitter.

— Si la fantaisie me prend, au bout de trois années — avait grommelé Bess — je saurai bien m'en aller!

Donc, on se taisait.

Sans qu'elle s'en doutât, les émoluments de Bess s'étaient graduellement élevés. Mais le règlement de compte   il revenait deux fois l'an — faisait passer à la servante et à la maîtresse, un de ces moments que redoutent par-dessus tout les natures sensitives et délicates.

— C'est trop, Ma'am, beaucoup trop! — murmurait Bess, d'un prodigieux effort; puis elle s'arrêtait court. A quoi Mrs. Barrie, non moins mal à l'aise, répondait :

— Bess, en vérité, au contraire, je voudrais... — Et toutes deux, soulagées de sentir l'affaire réglée pour six mois, entamaient sans transition un autre sujet.

Cette fois-ci, Bess, à la grande surprise de Mrs. Barrie, repoussant l'enveloppe :

— Ma'am ! s'écria-t-elle : Non ! C'est plus fort
que moi. Ne soyez pas fâchée, Ma'am ! n'insistez
pas, je vous en prie. L'année n'a été que trop pe-
sante pour vous ! Si je l'osais, je voudrais bien
plutôt vous supplier, vous conjurer d'accepter mon
pied de bas !

Bess, apprenez-le, lecteur, avait pour caisse
d'épargne un vieux bas, caché tout au fond de la
boîte à pendule, sous un vieux torchon, seul objet
systématiquement malpropre du logis.

— Bess, oh Bess ! Cela vous ressemble ! C'est bien
de vous, ce dévouement, ce désintéressement ! J'en
reste profondément touchée. Mais rassurez-vous,
Bess, nous sommes à niveau ; nous avons même de
la marge, ainsi !.....

La bataille fut rude. Bess, contrainte de baisser
pavillon, céda, les joues brûlantes de rougeur.

A peine Mrs. Barrie, remontée au parloir, en fer-
mait-elle la porte, Bess y entrait, et déposant un
papier sur la table :

— Ma'am, vous vous êtes trompée, Ma'am ! Y a
une livre sterling de trop.

— Non Bess, pas du tout. S'il y a erreur, c'est en
moins, non en plus. L'année, disiez-vous, nous a
été lourde ; et à vous donc, brave Bess, qui tra-
vaillez comme deux !

— Moi ! Par exemple ! Travailler comme deux !
Je plaindrais la maîtresse de ces deux-là ! Je ne me
tue pas de peine, allez Ma'am ! Qui est plus heureux

que moi ? Libre comme l'air dans ma cuisine,
jamais un reproche, personne pour venir bousiller
autour de mes casseroles ! Je vais, je viens à mon
idée, je fais ce qui me plaît...

— Parce que vous ne faites que ce qui est bien.

— Plût à Dieu, que Ma'am dît vrai !

Bess s'apprêtait à quitter le parloir. Mrs. Barrie
la rappela :

— Prenez donc votre *banknote*, Bess.

— Non Ma'am ; excusez-moi, je ne la toucherai
pas ; je ne *peux* pas.

— Disposez-en à votre gré, Bess. En tout cas,
moi non plus, je ne *puis* la reprendre. Elle vous
appartient.

Bess hésita, s'essuya le visage :

— Enfin, Ma'am, alors ce sera pour Lui ! — et
pliant avec soin le billet de banque, Bess disparut.

Lui... c'était l'Eglise du Seigneur, les pauvres du
Seigneur, l'œuvre du Seigneur !

Battue sur le terrain du *surplus*, comme elle
l'avait été sur le terrain du salaire ; Bess donna
tout ; sauf une livre sterling, dont elle acheta certaine laine merveilleuse qui sous ses doigts, se
transforma bientôt en jupon douillet, en moelleuse
camisole !

Confectionner ces objets, sans que pour cela, les
garçons manquassent ni de chaussettes ni de linge
— et en fallait-il ! — où Bess prit-elle le temps ?

Je ne vous le dirai pas. Mais quand se leva le

jour du 25 décembre; lorsqu'accourant les uns après
les autres, tous, petits et grands, vinrent souhaiter
à leur Bess : Joyeux Noël! Chacun reçut un mystérieux paquet, noué de faveur bleue, avec ces mots,
dont l'apparente rudesse voilait le plus tendre
amour : — Ça, c'est pour vous !

A Mrs. Barrie — elle s'en était approchée la dernière — Bess dit tout bas :

— La certaine livre sterling. Vous savez !

Lecteur, êtes-vous gourmand? Vous conterai-je
quels mets apprêtait Bess : ses puddings incompa-
rables, ses hachis savoureux, ses ragoûts à nuls
autres pareils, ses plats mystérieux dont chacun,
même les enfants, redemandaient sans cesse?
Composés, de quoi? d'un petit reste de rôti, d'une
carcasse de poulet, d'un relief de poisson, de quelques œufs, le tout agencé... bien fin qui aurait
deviné comment! Parlerai-je de son triomphe : des
pommes de terre, qu'elle accommodait de vingt
manières, celles-ci plus appétissantes que celles-là ;
soit qu'elle les servît blanches et farineuses sous
leur robe grise, éclatée à plaisir; soit que les faisant
sauter dans la poêle à frire, elle les apportât brûlantes, croquantes, plus jaunes que l'or; soit que
les battant avec la crème de Daisy, elle vous pré-
sentât un pudding à la croûte bronzée; soit que
généreusement arrosées de jus, leur seul aspect
vous donnât envie de les déguster!

Et son fameux dîner du dimanche !

— Pour ce jour-là — disait-elle — rien ne vaut le pot-au-feu. Pas besoin de surveiller ! Ça cuit tout seul, ça mijotte tranquillement, sagement, tandis qu'on écoute le sermon. Une heure de plus ou moins, peu importe. Quelques carottes, deux ou trois raves, un bouquet de persil dans le bouillon, vous avez : viande, soupe, et tout le monde est content.

— Bess ! lui demandai-je un jour : Si vous me communiquiez quelques-unes de vos recettes ?

— Des recettes, monsieur Wendall, mais il n'y en a pas ! Mettez ce qu'il faut, soignez comme il faut... pas plus malin que ça.

— Bien ! Alors, Bess, *qu'est-ce qu'il faut*, et comment soigner *comme il faut* ?

— Là, là ! monsieur Wendall, la cuisine, c'est pas l'affaire des hommes ! Et puis, vous savez le proverbe : nul meilleur cuisinier que la faim. Quoique ça, je vous accorde que la sauce dépend de celui qui la tourne ; aussi... de ce qu'on met dedans. Faut penser à ce qu'on fait, voilà tout.

Je n'en tirai pas davantage.

En femme avisée, Bess tenait toujours quelques ressources en réserve, pour les cas imprévus.

Par une froide matinée d'hiver, on vit arriver à Knowe Park un étranger, M. Kirkwood, lequel venait, au nom de certain colonel Gordon, s'informer auprès de Mrs. Barrie — miss Gordon, on s'en souvient — des origines et parentés de la famille.

M. Barrie était absent ce jour-là.

Après un assez long entretien, la cloche du dîner retentit :

— Je ne sais — dit alors Mrs. Barrie, avec sa bonne grâce habituelle — je ne sais Monsieur, si une modeste soupe aux pommes de terre, ne vous effrayera pas ?

Pommes de terre ! le visage de l'étranger s'illumina. Après trente ans d'absence, il rentrait dans la patrie :

— Soupe aux pommes de terre ! s'écria-t-il : Il me semble respirer le parfum des anciens temps ! Si ce n'est pas abuser de votre hospitalité, mistress Barrie, j'accepte, de grand cœur !

Sans mériter le nom d'épicurien, M. Kirkwood, en fait d'art culinaire, passait pour connaisseur.

La première cuillerée de potage, amena sur ses traits un sourire, moitié surprise moitié plaisir ; la seconde confirma le verdict ; en un tour de main, l'assiette fut vidée :

— Oserais-je ?... il la soulevait timidement.

— Je crois bien ! répondit son hôtesse.

Le contenu de l'assiette numéro deux, disparut non moins vite, dans le même silence recueilli. Ce n'était pas fait, que jetant un regard de convoitise sur la terrine aux vastes flancs :

— Oh ! madame ! Que penserez-vous de moi ? Serait-ce transgresser les lois du savoir vivre, que de vous demander... encore un peu de ce potage incomparable ? J'ai goûté aux apprêts des cinq parties du monde ; jamais, nulle part, à rien de pareil. Splendide ! La perfection !

Mrs. Barrie, singulièrement amusée, remplit pour la troisième fois l'assiette..... — Encore ? fit-elle, la main sur la cuillère, lorsque M. Kirkwood eut achevé.

— Mille grâces, madame ! Pour le coup, c'en est assez. Mais accordez-moi une faveur : puis-je demander le secret à votre cordon bleu ?

— Mon cordon bleu ! Nous n'avons, monsieur Kirkwood, qu'une seule servante.

— En ce cas, c'est un trésor ! Me permettez-vous de la voir ?

— Certainement.

Mrs. Barrie sonna Bess. A peine entrée,

— Brave fille ! s'écria M. Kirkwood : Comment êtes-vous arrivée à ce prodige ? à cette magnificence de potage ?

Bess, interloquée, regardait sa maîtresse. Voyant, à l'expression de celle-ci, qu'on ne se moquait pas d'elle :

— Cette soupe ? C'est une soupe comme toutes les soupes. Ce matin, j'y ai mis un os de jambon ; c'est peut-être ça qui lui donne saveur. Pour ce qui est du reste, faites bouillir vos pommes de terre, égouttez, coupez, pilez, passez, cuisez dans le bouillon ; pas autre chose. C'est une soupe comme toutes les soupes !

— Comme toutes les soupes !!! Je la déclare, moi,
le *nec plus ultra* des potages !

— Le quoi ? — fit Bess effrayée.

— Demandez à ce jeune gentilhomme (désignant
James) ; il sait son latin, il vous le dira. — Puis,
traduisant à sa façon : — Votre soupe, ma bonne,
s'écria M. Kirkwood, est tout simplement *la crème
de la crème !*

Sur quoi, prenant congé, le digne homme remercia de plus belle, et Mrs. Barrie et Bess, que
l'aventure divertit fort après son départ :

— Savez-vous, Bess ? — la brave servante était
au fait des circonstances de famille — Savez-vous,
Bess, demanda Mrs. Barrie, s'il y a, quelque part,
un colonel Gordon ? s'il existe, entre nous et lui,
quelque lien de parenté ?

— Non, Ma'am. Pas le mot. Mais Dan Corbett,
qui connaît les gens trente lieues à la ronde, doit
venir ce soir. Bien étonnée je serais, s'il ne nous en
donne pas des nouvelles. Ça va-t-il le confondre,
quand je lui raconterai ce que cet étranger a dit de
ma soupe ! « Qu'elle bat tout le reste ! » Juste comme
il prétend de ses coqs !

La besogne de Dan terminée — elle consistait
à scier du bois — Bess lui proposa, faveur inusitée, d'entrer dans la cuisine et d'y boire une tasse
de thé.

Tandis que debout, Corbett humait le nectar :

— Fait terriblement froid ! — dit Bess, entamant

ainsi la conversation : — Asseyez-vous donc là !

Dan, avec cette sorte de méfiance ordinaire aux rôdeurs de son espèce, se balançait tantôt sur un pied tantôt sur l'autre, comme un renard qui se demanderait si par hasard, la poule ne va pas le croquer !

— Asseyez-vous donc ! répéta Bess, du ton le plus affable.

Bess, depuis quelque temps, éprouvait une espèce de compassion attendrie pour son farouche voisin.

Ce soir-là, mieux disposée encore, Bess poussa la bienveillance jusqu'à presser Corbett de fumer une pipe !

— Pourvu, ajouta-t-elle, que vous envoyiez la fumée droit en haut la cheminée !

Dan, grâce au thé bouillant, à la pipe, à l'atmosphère de confort qui l'enveloppait, s'apprivoisait par degrés :

— Vous êtes rondement bien établie, mam'selle Bess ! se prit-il à dire : Mais du diantre si je comprends pourquoi M. Barrie a quitté la Manse.

Bess exposa la question d'Eglise ; pas si clairement peut-être que ne l'eût fait M. Barrie, mais de tout son cœur et avec toute sa foi.

— Et puis après ? — grogna Dan : Vous avez beau dire, mam'selle Bess, à sa place, moi, je serais resté. Le gouvernement, le gouvernement ! Est-ce que le gouvernement aurait mis M. Barrie à la porte ? Pense pas. On l'aimait, le pasteur. Cette nouvelle Eglise coûte des montagnes d'argent. *Moi,* je serais resté. — Dan poussa un formidable tourbillon de fumée.

— Les principes de M. Barrie l'obligeaient à quitter, bien que ça lui brisât le cœur!

Dan ouvrit tout grand son œil solitaire. Il comprenait de moins en moins. Sur quoi Bess, reprenant son exposition avec plus de feu que de lumière, lui parla longuement et de la *Disruption*, et de chacun des membres de la famille, et de son agneau, de sa Nelly, de la petite tombe au cimetière; et ici, la voix de Bess qui faiblissait, s'éteignit dans un sanglot.

— Tant plus absurde d'avoir quitté! grommela Dan : C'est pas que j'aie rien contre M. Walker. Brave homme, tout comme le vôtre. Les deux se valent. Est-ce que M. Barrie ne retournera pas là-bas?

— Jamais! Vous feriez aussi aisément bouger la *Pierre à lait* de Dumbarton [1]!

A ce nom : *Dumbarton*, Dan tressaillit, laissa tomber sa pipe, et fixant sur Bess son œil effaré :

— Vous connaissez Dumbarton? demanda-t-il brusquement.

---

1. Nom donné à un rocher énorme qui, suivant les traditions locales, se détacha de la montagne, et tomba moitié dans l'Océan, moitié dans le paturâge du château de Dumbarton; écrasant, au moment de la catastrophe, une ou plusieurs femmes, ainsi que les vaches qu'elles trayaient. De là le nom de Pierre a lait : Milkingstone.

— Si je le connais? J'en sors; Mrs. Barrie tout de même. Nous en sommes natives l'une et l'autre! Vous ne saviez pas cela?

— Comment l'aurai-je su! Me l'avez-vous jamais dit? Ça ne me regarde pas. Je ne me mêle que de ce qui me regarde.

— Hé bien, Dan! ma maîtresse est la fille unique de sir Gordon des Granaries.

Cette fois, je ne sais quelle épouvante saisit Corbett. Sautant sur ses pieds :

— Faut que je parte, Bess! Pas un mot de plus... je ne veux rien entendre de plus... laissez-moi passer... bonsoir.

— Alors? Qu'est-ce qui vous prend, Corbett? Qu'est-ce qui vous presse? Attendez un peu, j'ai une drôle d'histoire à vous conter! Je ris toute seule en y pensant!

Et Bess d'entamer la narration du *potage aux pommes de terre*.

Un peu calmé, Dan se rassit :

— Le connaissez-vous, ce M. Kirkwood? poursuivit Bess : Paraît qu'il a terriblement couru le monde.

— Parbleu! — puis secouant sa pipe : — C'est lui qui vient d'acheter *Strathgowan*. Et des chiens! Son mâtin rosserait mon Burke, qui ne se laisse pas facilement rouler!

— M. Kirkwood, continua Bess, a passé ici, rapport au père de madame...

D'un bond, Dan sauta sur le loquet de la porte.

— Ah ça, Dan Corbett! — fit Bess confondue :
Perdez-vous le sens commun? Encore une fois,
qu'est-ce qui vous prend, qu'est-ce qui vous pique?
Y a quelque chose là-dessous. Voyons, Dan Corbett! — Bess, se levant, fit le tour de sa cuisine,
s'assura que portes et fenêtres étaient bien closes,
puis revenant s'asseoir : — Voyons, Dan! remettez-
vous. Eh bien quoi! je vous demande si vous connaissez M. Kirkwood, et vous voilà terrorisé?

Dan, regards de détresse fixés sur la porte, tortil-
lait son bonnet entre ses mains, qu'agitaient un
tremblement nerveux.

— Vous! le plus déterminé veilleur de cimetière,
vous, trembler! Allons donc; c'est là-bas qu'ils se
tiennent, j'imagine, vers minuit, les fantômes..... et
vous n'aviez pas peur, Dan Corbett! — Bess haussa
les épaules.

Se rapprochant comme malgré lui de l'escabeau
qu'il venait de quitter, Dan s'y ramoncela, courbé
en deux, tête dans la cheminée.

— A la bonne heure! fit Bess : Parlons raison.
Où en était-je? Ah, bien! à ce M. Kirkwood, venu
chez-nous, de la part d'un colonel Gordon, un *Indien*,
qui voudrait savoir si les Gordon des Granaries
existent encore, si Mrs. Barrie appartient à la famille?

— *Les Gordon des Granaries!* Mrs. Barrie, fille du
Gordon des Granaries! — Dan parlait à voix basse

toujours la tête sous le manteau de la cheminée. Se retournant tout à coup :

— Gordon des Granaries! Bess, savez-vous *quelque chose?* — demanda-t-il, appuyant sur le mot.

Bess rougit, respira fortement, après quoi, tirant sa chaise tout contre celle de Corbett.

— *Quelque chose*, Dan Corbett? murmura-t-elle : Oui, je sais l'histoire du *brandy*, du *tabac*, et du *sel*. Vous êtes au fait, Dan, je le vois! Nous pouvons donc parler. Mais, écoutez-moi bien, Dan Corbett, si jamais vous vous permettiez d'en souffler mot à qui que ce soit, homme, femme, jeune, vieux!... — Bess n'acheva pas.

Dan mit un doigt sur sa bouche :

— Le tabac, le sel, le brandy, possible, vous connaissez çà. Mais savez-vous, Bess, *qui* avait caché là le butin?

— Jamais on ne l'a su, jamais on ne le saura.

— Bien! Je le sais, *moi*. Nulle âme vivante n'en peut dire autant. — D'un geste, Dan Corbett désigna sa propre personne : — Bess, n'allez pas me vendre!

Bess restait silencieuse; elle s'était un peu reculée; les paroles de Corbett lui ouvraient un horizon inconnu; étonnée, perdue, elle cherchait à s'y retrouver. Il fallut que Dan répétât d'une voix toujours plus angoissée : — Vous le jurez! — pour l'arracher à sa méditation.

— Je vous promets, Dan Corbett — répondit enfin

Bess, d'un accent solennel — je vous promets de ne
mêler votre nom à cette affaire, que dans le cas seul
où il le faudrait, pour tirer Mrs. Barrie, soit de
peine, soit de péril. — Après un instant : Mais vous
Corbett, qui savez tout, n'y avait-il pas un frère,
un cadet, un viveur! qui passait pour!... Les caves
de M. Gordon des Granaries!... C'est ça! c'est lui,
le chenapan, le vaurien! il y avait enfoui sa contrebande! ça se disait dans le pays! — Corbett fit
un signe affirmatif : — Et que les gens de l'excise
— poursuivit Bess de plus en plus animée — ont
manqué le bandit, parce que leur barque a chaviré,
contre la Pierre à lait! Et voilà mes oiseaux envolés! Et le pauvre M. Gordon des Granaries, aussi
innocent que moi, traduit devant les tribunaux!
Et les juges le savaient si bien, qu'ils ne l'ont ni
condamné ni coffré. Ce qui ne l'a pas exempté (ils
sont durs, nos *gentilshommes* de l'excise) de payer
amende, frais du procès, tout, sans qu'on lui ait
lâché un penny! Et le voilà ruiné! Et le scandale et
la honte, grâce au *duc Gordon*, comme on appelait
ce mécréant!

— Vous y êtes, mam'selle Bess. Rien n'y manque!
Sauf... sauf... ceci : je ramai sur l'embarcation qui
a mené *le Duc* au large.

Cette révélation ne sembla pas émouvoir beaucoup notre servante.

— Le colonel Gordon! — reprit-elle, suivant tout
haut le cours de ses pensées : — Est-il marié, veuf,

célibataire? S'il allait instituer Mrs. Barrie héritière
de ses biens! pour réparer le mal que son coquin de
frère a fait à l'autre : au Gordon des Granaries! Ah
c'est cette fois, que je servirais à son ami M. Kirkwood, quelque chose d'autrement... comment qu'il
disait?... Nec, nec... bah! *crème de la crème de la
crème!* que la soupe aux pommes de terre! Eh!
Dan! qu'en dites-vous?

— Je dis — fit Dan Corbett, pris d'un soudain
enthousiasme — je dis qu'il ne tiendrait qu'à moi de
tourner le bras du gouvernail, de mettre le cap sur
la fortune, de virer la roue du bon côté, d'amener
les lingots à Knowe-Park! Je n'aurais pour ça qu'à
tout conter au colonel.

Alors?

— Alors le colonel... c'est un colonel voyez-
vous... et les militaires, ça déteste le contreban-
dier. — Dan Corbett secoua les doigts.

L'entretien se prolongea. Lorsqu'ils eurent épuisé
tous les détails de l'affaire, Bess et Dan convinrent
de se tenir bouche scellée, jusqu'à nouvel avis.

Corbett dès lors, chaque fois qu'il rencontrait
Bess, ne manquait pas, clignant de l'œil, levant le
pouce, de chuchoter : — Parole donnée, Bess! parole d'or!

Pauvre Bess! à force de penser, de ruminer, de
se travailler, la tête finit par lui sauter. Fallait-il
qu'elle songeât creux, pour demeurer tricot en

main, sans faire une maille? Irritée contre elle-
même, ressaisissant d'un geste brusque l'ouvrage
échappé de ses doigts.

— Vieille buse! — ainsi s'apostrophait-elle : —
Ça passe la permission! Je n'y veux plus penser!

Mais elle y pensait, encore, toujours, et s'en
allait (après une nuit blanche) conter ses soucis à
Daisy, le premier être vivant qui reçût chaque matin ses confidences :

— Vois-tu, Daisy, ma belle; c'est à en perdre
l'esprit! Cette histoire de Dan ne me sort pas de la
tête. Si au moins je voyais une fois M. Kirkwood,
seule à seul; je lui!.... Voilà notre James, un grand
garçon, qui veut se faire ministre : pour ça, faut
de l'argent. Voilà Maud! une demoiselle tout à
l'heure : faudrait des leçons de musique; parce que
tu sais, Daisy; les demoiselles, ça doit connaître
la musique. Voilà Lewis! avec son latin! et des
livres, des livres, des livres : ça coûte. Pour quant
à Flora, elle épelle déjà passablement. Le petit
Gordie (plus tant petit! Mon beau monsieur se·
fâche, lorsqu'on dit : *petit Gordie.* Bah! faut bien
que monsieur l'entende, quand il ne veut pas
m'obéir) ça va. dépasser Flora! ça prétend devenir
un savant! en attendant, ça fait un fameux gamin!
Mais dis-moi un peu, Daisy, où prendre l'argent?
Le colonel! c'est lui, que j'aimerais tenir, là, trois
minutes! Tu sais, Daisy, les colonels qui reviennent
des Indes, ça rapporte sacs d'argent sur sacs d'or!

Pourquoi, demanderez-vous, lecteur, Bess ne rendait-elle pas compte à sa maîtresse, des aveux de Dan Corbett?

Parce que le sujet était brûlant; parce qu'à deux reprises, Bess hasardant un mot là-dessus, avait, antérieurement déjà, récemment encore, rencontré un regard si sévère... ou si troublé; qu'elle s'était solennellement promis de ne pas y revenir.

Dan Corbett se sentait grandi, ce n'est pas dire assez : ennobli, de toute l'importance de ces secrets de famille. Il lui semblait que M. Mrs. Barrie, les enfants... et Bess, devenaient quelque peu siens.

Aux premiers soleils de mars, Bess s'était dirigée vers le cimetière, pour y mettre en ordre la tombe de Nelly; pour l'entourer des perce-neiges qu'aimait tant son doux agneau.

Mais qui donc avait devancé Bess? Une couronne de primevères et d'hépatiques reposait sur la pierre! Pas une feuille morte, pas un débris!

Bess eut beau questionner, nul ne savait rien.

Et les fleurs ne se flétrissaient pas, car une main mystérieuse, la même, les renouvelait de jour en jour.

Bess n'y tenait plus. Elle s'en fut trouver Guy Sinclair :

— Vous qui êtes sacristain, fit-elle, surveillez *ma* tombe, et venez me dire quel jardinier en prend soin.

— Quel jardinier? — Guy Sinclair relevait ses diplomates sourcils. — Vous désirez l'apprendre?

— Bien sûr, puisque je vous le demande!

— Alors, mam'selle Bess, n'y a peut-être pas d'inconvénient, à vous informer que...

— Que quoi? — interrompit Bess impatientée.

— ..... Que c'est Dan Corbett.

— Non?

— Positivement.

— De tous les êtres créés!... — Bess s'arrêta court, murmurant à part elle : — Brave Dan, va! Après tout, je suis bien aise que ce soit lui.

A peine informé de l'incident, M. Barrie, ému jusqu'au fond de l'âme, se rendit chez Corbett.

Le pasteur, franchir ce seuil, pénétrer dans ce repaire!

Tout rude, tout étranger à la religion — en apparence du moins — que fût Corbett, la démarche d'un homme aussi loyalement chrétien, aussi vénéré que l'était M. Barrie, ne laissa pas de remuer en lui, quelque chose qui depuis longtemps ne vibrait plus.

M. Barrie sentit cela. Au premier regard, les cœurs avaient échangé une de ces muettes paroles, dont jamais voix humaine ne rendra l'éloquence.

Il y eut un instant de trouble. Sitôt dissipé, M. Barrie remercia cordialement Corbett. Puis, avec ce tact dont sa courtoisie doublée de sa bonté possédait le secret, il lui parla de ses occupations, de ses coqs, de ses chiens, et s'y intéressa si bien lui-même, que Dan Corbett, délivré de toute contrainte, finit par lui offrir un *bébé* boule-dogue, le parangon de l'espèce :

— Pur sang, Votre Honneur! vrai portrait du père : *Burke*, ici! (le père, Monsieur). Ma pauvre Cora, la mère, n'avait pas son égale. Elle est morte.

Le visage de Corbett s'assombrit.

— Elle vous manque donc bien, votre Cora?

— Si elle me manque! Si elle me manque, Votre Honneur! Je ne peux pas m'accoutumer à ça! — et plus bas : Je ne peux pas prendre mon parti, non, je ne peux pas.

— Hé bien, Dan Corbett! — M. Barrie avait saisi la main noire et calleuse : — Je sais ce que c'est que la douleur. J'aimais ma Nelly... — Il s'arrêta : — Ma femme, Dan Corbett! et moi, et nous tous, nous vous remercions de ce que vous faites pour elle.

Dan tressaillit, il voulait retirer sa main, M. Barrie la serra plus fortement :

— Oui, Dan, nous vous aimons, d'aimer notre Nelly. Et, Dan Corbett, notre petite Nelly serait heureuse de vous voir là-haut, dans le ciel, pour vous remercier, elle aussi!

— Moi, dans le ciel! Monsieur Barrie, moi dans le ciel! C'est ce qu'elle ne verra jamais!

— Pourquoi pas, Dan? Le Sauveur de Nelly vous désire là! Oui, *vous*. Les anges vous chanteront la

bienvenue. Aussi sûr que votre Cora vous manque...
et que nous aimons notre Nelly ; aussi sûr, Dan
Corbett, notre Père vous veut au ciel. Il veut que
vous alliez vers Lui, vous, directement, juste
comme vous êtes ; quelque sauvage, mauvaise,
abandonnée que vous ayez mené la vie, Dan Corbett ! Et il y a un ami là-haut, qui m'a commandé
de venir, aujourd'hui, vous apporter cette nouvelle ! C'est certain, Dan Corbett, c'est certain.

Dan ne répondait que par mots entrecoupés : —
Lui ?... vrai ?... Il vous envoie me dire ça ? Vous êtes
de parole, Monsieur ; par conséquent, je devrais
vous croire... mais... c'est terriblement difficile !

Sur la terre battue qui servait de plancher,
les deux hommes s'agenouillèrent à côté l'un de
l'autre. Si simples furent les paroles de M. Barrie,
si simple était son cœur, que les deux hommes,
on peut le dire vraiment, s'unirent en une même
prière.

Au moment de partir :

— Maintenant ! — fit doucement M. Barrie, glissant aux mains de Corbett, un paquet de tabac que
celui-ci se défendait de prendre : — Maintenant, la
glace est rompue, le premier pas est fait. Vous
prierez, vous-même, n'est-ce pas ? Point de phrases !
Dites à Dieu ce que vous sentez, le mal, le bien, vos
peines ; demandez tout, mais là, cœur ferme ! Sans
retard.

Dan resta silencieux. Ces choses lui étaient

étranges. Une fois M. Barrie disparu, Dan réfléchit, fuma deux pipes, se gratta le front, et finit par dire : — Bien. Faut que j'aie un *crack* [1] avec Bess. Elle entend ça mieux que moi.

Ils eurent donc un *crack;* ils en eurent même deux, trois, et plus. Comme ils se séparaient un soir :

— Là... j'irai peut-être à la Vieille Église ! — fit Corbett, debout sur le seuil : — Ça me va mieux; parce que voyez-vous, Mam'selle Bess, ils sont *intrepides*, qu'on dit, pour vous tirer l'argent du corps, dans la Nouvelle ! Et puis, j'ai connu de tout temps M. Walker. On verra !

---

1. Sorte de passe d'arme courtoise, de discussion.

X

PROFILS ET SILHOUETTES

A mesure que j'écris, il me semble voir monter cette figure, puis cette autre, des lointains du passé.

Les unes, naïves, parlent à mon cœur de cet autrefois, rustique, abrupt, rude peut-être, mais cordial et primesautier. Les autres, originales, bizarres même, amènent le sourire sur mes lèvres. Aucune, en tout cas, ne semble appartenir à l'école moderne.

Me permettra-t-on de jeter ici, avant que les années, les grandes niveleuses, en aient effacé le contour, quelques-uns de ces profils?

Voici d'abord miss Park, respectable demoiselle, curieux mélange de bonté, de timidité, d'entêtement et d'humeur... souvent acariâtre.

Dès le début du conflit, miss Park avait jeté feu et

flamme contre l'Église indépendante : « Une secte
d'orgueilleux, » disait-elle. — Voyant que la *secte*
s'organisait, grandissait, qu'il fallait compter avec
elle, miss Park comprit que fulminer ne servait pas
à grand'chose, et se renferma dans le silence, la dignité et le dédain.

Comme ses lèvres se pinçaient, lorsque, par aventure, elle parlait de : ces *gens-là!* Mais quand elle
apprit que M. Barrie s'était rendu chez Dan Corbett, qu'il avait pénétré dans sa tanière, qu'il y
retournait; que Bess — favorite de miss Park avant
la *Disruption* — que Bess, la sage, la correcte Bess,
s'oubliait jusqu'à recevoir ce *moins que rien* dans
sa cuisine! l'indignation de miss Jahel-Dorothée-
Barbara-Judith-Déborah Park ne connut plus de
bornes.

M. Walker entrait justement chez l'austère demoiselle. A peine assis, les flots du vertueux courroux s'écroulèrent sur sa tête :

— Monsieur Walker, avez-vous entendu? Vit-on
jamais scandale pareil! Un pasteur chez... — miss
Park se détourna. — Vous l'avouerez, monsieur
Walker, il faut que ces *gens-là* soient aux abois,
pour s'en aller ramasser un vagabond, un... Dan
Corbett, et.... essayer d'en faire un chrétien! J'appelle cela une honte, une monstruosité, un.... un....
sacrilège!

— Excusez-moi, miss Park : — M. Walker s'in-
clina : — J'ai le regret de ne pas être de votre avis.

Je vois dans cet acte, une parfaite application des commandements du Maître. Retirer le charbon du feu, quelle plus belle œuvre pour l'Église !

— En ce cas, pourquoi ne l'avez-vous pas faite ? — un sourire ironique accompagnait la répartie.

— J'ai eu tort, je le reconnais. J'accepte le reproche, miss Park, et je suivrai le conseil : J'irai voir Corbett, j'essayerai à mon tour d'en *faire un chrétien*. Mais, parler à nos campagnards (surtout lorsqu'ils ressemblent à celui-là) un langage qui leur entre dans la tête et dans le cœur, la chose n'est pas aisée. Tenez, je visitais, il y a quinze jours, certain Thomas (permettez-moi de taire son nom de famille) qui m'accueillit par une grêle de lamentations : « — Ah ! monsieur le Ministre ! tout va mal, corps, âme, esprit, effroyablement mal ! Tout me fait souffrir, la tête, les jambes, les bras, le dos, et mes soucis, et mes péchés ; atrocement souffrir ! Pour achever le malheur, monsieur le Ministre, voilà-t-il pas mon propriétaire, qui me jette à la porte ! Jusqu'à cette maladie, je l'ai régulièrement payé. Six mois, je ne lui dois pas un sou de plus ! A la rue, net ! » — Mon homme exaspéré, se tourne, la tête contre le mur. Qu'y avait-il à faire ? Lui montrer Dieu, qui peut tout ; Jésus, qui a dit : « Venez à moi, vous qui êtes travaillés et chargés ! » l'engager à porter ses peines aux pieds du Seigneur ; lui parler de foi, d'espérance, de soumission ; prier avec lui. Je fis tout cela, et cela fait, je m'en fus. —

J'y retourne aujourd'hui. Mon homme est transformé; non de santé (je le trouve au lit, toujours)
mais d'expression : « — Ah! monsieur le Ministre!
s'écrie-t-il, cette fois d'une voix joyeuse : Bon conseil, celui de l'autre jour! J'ai fait comme vous
m'avez dit, monsieur le Ministre; chagrins, misères,
colère, tout, y compris le loyer, j'ai tout jeté devant Dieu. Après quoi, je n'y ai plus pensé; c'était
l'affaire de Dieu, ce n'était plus la mienne. Eh bien!
monsieur le Ministre, Dieu m'a exaucé. Mon avare
de propriétaire : *mort*, hier! Il ne viendra plus
m'ennuyer, celui-là! Oui, Monsieur le Ministre, je
dis comme vous, à présent, Dieu est bon! *bien*, BIEN,
BIEN **BON**! »

Je restai muet.

Après miss Park, Margaret Grey. Ni jeune, ni
gracieuse, ni jolie; mais sa figure cependant, alors
qu'elle s'estompe dans les brumes du temps jadis,
a je ne sais quoi, qui me touche le cœur. C'est que
du cœur, elle en avait; bien caché, bien gauche.
Que voulez-vous, ne fût-ce que sa patience envers
un mari brutal, que sa fidélité à remplir envers lui
ses devoirs... Margaret avait du cœur.

Quant à lui, le gros Bob Grey, descendant d'une
famille Caméronnienne, pourvu d'une intelligence
éveillée; friand — qui l'aurait imaginé — de questions théologiques, il tranchait de haut les plus

ardues, connaissait sa Bible, en citait les textes à
l'occasion, et restait — en dépit de ce bagage reli-
gieux — Gros Jean comme devant : égoïste, dur,
bourru, insupportable à vivre, sans parler des fu-
reurs bleues où le mettait la moindre contrariété.
Quant à ses affaires, étant homme d'ordre et de
labeur, elles marchaient bien.

Il mourut. J'allai voir sa veuve. Elle sortait de
l'étable, sa jupe enveloppée du grand tablier de
toile grossière dont s'affublent nos villageoises, lorsqu'elles fourragent le bétail. Margaret m'offrit une
chaise, s'assit elle-même dans le vieux fauteuil
qu'encombrait une montagne d'édredon — parfaitement incommode à mon avis, parfaitement confortable au sien — et tirant une courte pipe de sa
poche (nos paysannes âgées fumaient alors, tout
comme les hommes) la bourra, et la plongea dans
les braises pour l'allumer.

Pendant qu'elle se livrait à ces opérations, je lui
parlais de son mari, effleurant à peine le grave sujet
des emportements; m'efforçant de faire de ceux-ci
— oh! hypocrisies de la condoléance — une sorte
d'infirmité en manière d'épreuve, aussi lourde au
défunt qu'à ses alentours. Margaret retira sa pipe
des braises, la mit entre ses dents; une pluie d'étin-
celles en tomba sur son tablier, la placide veuve les
secoua, et poussant quelques bouffées :

— Cela prouve, dit-elle enfin — chaque phrase
coupée par un jet de tabac — cela prouve que la

grâce de Dieu peut habiter chez un homme — ici les spirales de fumée s'enroulèrent plus épaisses — avec lequel personne d'autre ne pourrait vivre. — Après un instant de silence : Thomas est au ciel, bien sûr. Tout de même, il ne *faisait pas beau* vers lui. — Elle s'interrompit encore, soupira, puis : — Faut espérer que sa robe blanche est taillée dans l'Esprit de douceur !

Laissez-moi vous introduire maintenant auprès d'un de nos respectables *anciens*, M. Somerville; caractère si réservé, nature si timide, que M. Somerville, disait-on, s'effarouchait au bruit de sa propre voix.

Sa vocation terrestre (entrepreneur des pompes funèbres) l'obligeait d'assister aux enterrements dont il fournissait le matériel.

Un jour — il s'agissait de rendre les derniers devoirs à l'enfant de M. B. — parents, invités, notre *ancien*, tous étaient réunis; sauf le pasteur qui seul (un accident le retenait ailleurs) manquait à l'appel. On attend, on patiente; rien ne paraît. L'heure presse, chacun se regarde; M. B., père de l'enfant qu'il s'agissait d'inhumer, s'approche de notre *ancien:*

— Monsieur Somerville ! — lui dit-il tout bas : — Faites-nous une petite prière.

— Moi!... moi... non... s'il vous plaît, pas moi! — balbutie M. Somerville.

Un quart d'heure s'écoule ; notre *ancien*, sur les charbons ardents, regarde éperdu cette porte qui ne *veut* s'ouvrir, ni pour livrer passage au pasteur, ni pour lui permettre de s'éclipser lui-même. Pour la seconde fois, M. B. se dirige de son côté ; le peu de courage qui restait à notre *ancien* s'évanouit ; une sueur froide lui couvre le front :

— Monsieur Somerville, en grâce décidez-vous ! murmure son persécuteur : Ma femme ne peut se résoudre à laisser partir son pauvre garçon, sans un mot de prière. Elle n'a pas été à l'Église depuis le commencement de la maladie : une prière, si mince que vous voudrez, M. Somerville ! cela lui ferait tant de bien !

M. Somerville aux abois, frottait et refrottait ses doigts crispés :

— Non, non, John ! ne me demandez pas cela ! Je n'ai jamais pu articuler deux mots en public ! Écoutez, John, je vous laisse le cercueil gratis ! Mais ne me demandez pas cela. Adressez-vous au maître d'école, John, voilà l'homme ; il fera *parfaitement !*

Le maître d'école, M. More, nommé récemment à Blinkbonny, rendit volontiers le service que requérait de lui la famille affligée, et s'en acquitta parfaitement, comme l'avait prédit l'ancien.

M. More, très jeune, trop jeune peut-être pour les fonctions d'instituteur, devait son élection aux excellents renseignements recueillis sur son compte. Il ne lui en fallait pas moins subir un examen, ne fût-ce que pour la forme.

Au jour fixé, la commission se rassemble chez M. Walker, pasteur officiel. M. More y arrive, en proie à une agitation qui risquait de lui enlever toute sa présence d'esprit, partant tout son savoir. Lèvres frémissantes, il exprime ses angoisses — il les balbutie serait mieux dit — à M. Walker.

— Bon courage ! répond celui-ci : comptez sur moi !

Un rôti commençait à répandre ses aromes dans la cuisine. M. Walker donne à sa servante, l'ordre de promener le rôt du haut en bas de la maison, et quand l'appétissant parfum remplira les corridors, de frapper trois coups légers à la porte du cabinet où délibérait la commission.

Pour être plongé dans de graves affaires, on n'en possède pas moins un nez. Celui de nos examinateurs aidant, ils expédient rapidement la besogne préliminaire. Au moment où, debout, le jeune postulant se prépare, frissonnant de tout son corps, à traverser le redoutable interrogatoire ; M. Walker, dont la fine oreille a perçu les trois coups, se lève, et sous je ne sais quel prétexte, entr'ouvre la porte.

Le rôti, tout justement, effectuait sa seconde promenade. Ce muet appel aux appétits vulgaires de l'humaine nature ne reste pas sans effet. Questions, réponses, le gentleman chargé de l'interrogatoire, exécute tout à la fois :

— Combien font 4 et 6... *Dix*, n'est-ce pas? très
bien. — Quelle est la plus grande ville du Royaume-
Uni?... Londres... très bien ! — En quoi diffère l'eau
salée de l'eau douce?... la première est saturée...
de sel... très bien !

Le reste à l'avenant.

L'examen déclaré bon — M. More n'avait pas
ouvert la bouche — nos aristarques s'en furent
joyeusement déguster le rôti corrupteur.

M'accusera-t-on de partialité envers ma famille,
si je rappelle ici un mien cousin, le Rev. Frédérik
Robinson?

Rattaché à l'Eglise Indépendante, il venait parfois remplacer M. Barrie, qui dans ce cas, prêchait
ailleurs.

Un dimanche soir, Frédéric Robinson, arrivé la
veille, monte en chaire, et nous donne un de ses
sermons les plus savamment élaborés : *Le ciel*.

— Magnifique, prodigieux! — déclarèrent trois
de nos anciens.

Oui, prodigieux si vous voulez. Mais la partie
descriptive y occupait si grande place, qu'il n'en
restait plus pour l'application.

Georges Brown — il habitait un village voisin —
passait, ainsi que Robinson, la nuit chez moi. Ren-
trés tous trois, Georges Brown, l'air méditatif, reprend les premières phrases de l'homélie, continue,
point après point, section après section, sans qu'il

y manque un mot, à la complète stupeur de Robinson ; quand c'est fini :

— Beau sermon ! dit-il : Superbe ! Une descrip-
tion du ciel !... Vous nous avez tout fait voir, M. Robinson, tout ; excepté le chemin pour y aller. —
Robinson ouvrait de grands yeux : — Je suis vieux,
vous êtes jeune, voilà pourquoi je prends la liberté
de vous parler tout droit. Le chemin ! M. Robinson,
le chemin ! Point de chemin, point d'arrivée. Quand
cela manque, tout est manqué. Vous vous rappelez
la parabole ! Les serviteurs du roi ne se bornaient
pas à crier : le repas est exquis, la salle est merveilleuse ! Ils pressaient les invités, ils les contrai-
gnaient d'entrer.

Robinson restait pensif. Quand Georges Drown se
fut retiré :

— Professeurs, docteurs, pasteurs, s'écria-t-il,
m'ont, sans compter mes condisciples et mes parents, grabotté à dire d'expert ; mais ce vieillard
m'en a plus appris en deux mots, qu'eux tous, sur
le vrai caractère de la prédication ! « Contraindre
d'entrer ! » je n'oublierai pas cela.

Il l'oublia si peu, qu'il devint un des plus puissants convertisseurs du temps.

Style, images, noms de la Bible, imprégnaient
alors le langage familier.

S'agissait-il d'un homme de taille élevée ? *Un
Saül*, disait-on ; de nouvelles ? le bruit s'en répan-

dait *de Dan à Béersheba;* de quelque désagréable
personnage? un *Mardochée à la porte;* d'un mot
profane? — et il n'en fallait guère, pour être convaincu de profanation — le *langage d'Ashdod!*

Achab, Jésabel, Nathanaël, Nicodème, Ismaël,
Absalom; autant de noms qui, appliqués avec beaucoup d'à-propos souvent, caractérisaient d'un trait
telle nature, tel acte, telle individualité.

Et maintenant, je laisse retomber les plis du
voile.

Retournons à Knowe Park.

Mrs. Barrie n'oubliait ni la tombe au cimetière,
ni les fleurs qui l'ornaient.

Elle restaura, de concert avec Bess, certain costume un peu suranné de M. Barrie, lequel vêtement, sorti presque neuf de leurs mains, devait
s'adapter au grand corps osseux de Corbett.

Porter le cadeau, elle-même, chez Corbett?
Mander celui-ci au cottage? lequel valait le mieux?
Comme Mrs. Barrie hésitait, Dan Corbett en per-
sonne, se trouva devant le portail.

— Vous arrivez à propos! s'écria Mrs. Barrie :
Veuillez me suivre.

Traverser le jardin avec Madame! Dan, pris d'un
accès de sauvagerie, n'y consentit qu'à grand'peine.
Quant à entrer dans le cottage par la porte fashio-
nable, pas question.

— Je resterai là, Madame ! — balbutiait-il, s'arrêtant, comme planté en terre, au coin de l'habitation.

— Venez donc ! je désirerais échanger quelques mots avec vous, monsieur Corbett !

Monsieur Corbett! Jamais, du premier jour de sa vie au dernier, Dan ne s'était entendu appeler *monsieur Corbett* !

MONSIEUR CORBETT ! répétait-il, secouant la tête : MONSIEUR CORBETT !

Un grand éclat de rire — depuis quand ne riait-il plus ? — vint montrer, d'une oreille à l'autre, la plus formidable mâchoire qui pût décorer bouche humaine.

Bess, sur ces entrefaites, l'avait introduit dans la cuisine, tandis que Mrs. Barrie franchissait le seuil de la grand'porte.

— Bonté du ciel ! qu'avez-vous, Dan Corbett ?

Dan eut peine à recouvrer son sang-froid. Lorsque ce fut à peu près fait :

— Décroché ! mam'selle Bess. Comme une bête ! — s'écria-t-il, entre deux nouveaux accès de cette intarissable gaieté : — Mrs Barrie... M'a dit, *à moi* : MONSIEUR CORBETT !... et je ris de moi comme un vieux fou !

Mrs. Barrie parut, qu'il riait encore.

— Monsieur Corbett ! — commençait-elle. Dan l'interrompit :

— Appelez-moi Dan, Madame ! Personne au

monde ne m'appelle autrement. Ça me confusionne,
voyez Madame... ça me fait honte, de m'entendre
donner du Monsieur.

— Hé bien, Daniel...

— Non, non, Dan tout court. Connais pas
Daniel.

— Va pour Dan...

— Ah! Cette fois!

Mrs. Barrie entama l'entretien. Sa voix harmo-
nieuse caressait cette oreille accoutumée aux rudes
accents. Les paroles de la mère allaient droit à ce
cœur, depuis si longtemps sevré de tendresse :

— Dan Corbett, je voudrais vous montrer le portrait de notre Nelly!

Il ne fallut rien moins, pour que Dan s'aventurât
dans le parloir.

Mrs. Barrie, s'arrêtant devant chacune des belles
gravures qui se suspendaient aux murs, en dit le
sujet d'une manière à la fois si simple et si vivante,
que Dan Corbett, oubliant ses timidités, en resta
saisi. Quand ils eurent achevé.

— S'il vous plaît, Madame — Dan parlait à voix
basse : — Qu'est-ce que vous me racontiez de celle-
ci : *Le murmure de l'ange!* N'est-ce pas, vous avez
dit cela?

Et Mrs. Barrie de recommencer, de passer à la
suivante, puis à la suivante, jusqu'à ce qu'une seconde fois, le cycle fût accompli.

Le charme — Mrs. Barrie s'en doutait-elle? — pénétrait peu à peu dans cette âme fermée ; les douces paroles y tombaient comme ces gouttes tièdes, bienfaisantes, qui descendent au printemps sur un sol aride, l'amollissent, et les germes desséchés reprennent vie, et on les voit fleurir. Elle, un intérêt ému s'éveillait dans les profondeurs de son être pour cet homme, repoussé, redouté, méprisé : le paria de Blinkbonny !

Conduisant enfin Corbett, vers la table où s'étalaient les diverses parties du costume si habilement reconstitué.

— C'est pour vous, dit-elle, Dan Corbett ! c'est mon ouvrage, celui de Bess ! Et quand vous aurez mis cela... vous irez à l'Eglise, ou à la chapelle. Vous y entendrez de plus belles histoires que les miennes, Dan Corbett !

— Pour moi, ces habits ! — Dan Corbett les regardait avec une sorte de respect effarouché : — Oh Madame, c'est trop beau pour un malotru comme moi ! Ça *jure* avec ma vilaine personne ! Jamais je n'oserai les porter !

— Pourquoi pas ? Ils vous appartiennent, Dan Corbett ! Si vous hésitiez à vous en servir, vous me causeriez un vrai chagrin ! — Et Mrs. Barrie plaça sur les bras de Dan, le volumineux paquet, qu'il reçut avec une inclination dont la profondeur, sinon la grâce, ne laissait rien à désirer.

Dan ne passa pas, on le comprend, devant la porte de l'office, sans s'y arrêter un instant. Ne fal-

lait-il point remercier Bess, de tous les points qu'elle
avait faits pour lui?

— Je la connais, à présent, votre Nelly! s'écria-t-
il : Sa tombe!... je m'en charge, nul n'y touchera
que moi! Et ces images! *Le murmure de l'ange!* Si
Mrs. Barrie voulait tant seulement tenir l'Eglise
chez elle, expliquer ces gravures, elle battrait tous
les ministres : foi de Corbett!

Sitôt rentré chez lui, Corbett enfila son nouveau
costume. Ebloui, les regards fixés sur le morceau
de miroir qui pendait au mur :

— Guy Sinclair, mon garçon, fit-il, tiens-toi bien!
L'envie pourrait me prendre de te souffler ta sacristie! — il se redressa. — Et un fameux sacristain je ferais! — puis, examinant ses mains : Oh
mais! Ça n'irait pas!

Après quoi, saisissant ligne et serviette (un lambeau de vieux sac), Corbett s'enfila dans une ruelle,
acheta un morceau de savon, descendit vers la
rivière, et là, derrière les saules qui verdissaient;
ablutions, frictions aidant — il n'y allait pas de
main morte, notre homme — ressortit transformé.

Se secouant à la façon d'un Terre-Neuve qui
bondit hors de l'eau :

— Tout de même, murmura Dan, c'est drôle! Je
me sens, là, comme si j'avais dix ans de moins sur
le corps.

Le lendemain, notre matineuse Bess trouvait
saumon et truites suspendus au volet de sa cuisine.

Corbett cependant, ne s'en tint pas là. Une fois remis à neuf, d'étranges ambitions de confort s'étaient éveillées en lui. Balayer, racler, laver ! Toute la cabane, y compris murs, cour et jardin, y passa.

Bon pour une corvée, Dan n'était pas accoutumé au minutieux labeur qu'avait exigé l'opération. Le soir donc, harassé, il se jeta sur son lit, et comme le roi Nébucadnetsar, eut un songe. Le rêve, il s'en souvenait si bien, que durant une semaine il en fut hanté, et que n'ayant sous la main ni mages ni prophètes pour lui en donner l'interprétation, il alla trouver Bess :

— J'étais au ciel ! dit-il. La première personne que je rencontre, c'est votre Nelly ! Tout d'abord, je ne me la remets pas. Mais elle, joyeuse comme un pinson, vient droit à moi. Et pensez un peu, Bess ! Moi, dans le ciel ! Et je n'avais pas peur, pas un brin ! Elle me regarde. Un regard ! — « Voulez-vous voir ma maison, Dan Corbett ? » — qu'elle fait : — « Bien sûr » que je réponds. Elle marche devant, je vais derrière, et me voilà dans une belle, *belle*, BELLE chambre ! plus belle qu'il n'y en a ni dans la Manse, ni chez la Reine ! — « Miss Nelly, que je demande, sans me gêner : qui vous l'a donnée ? » — « Jésus ! qu'elle dit : Oh Dan Corbett, venez avec moi, venez vers lui ! » — Une voix, un sourire... jamais je n'ai rien entendu de pareil ! — « Non ! que je crie, miss Nelly ! Jésus n'est pas pour des gueux

comme moi ! » Si vous l'aviez vue, quand elle me réplique : « Mais oui, Dan Corbett, Jésus est *pour vous;*
il vous aime mieux que tout l'or de la terre ! Ecou-
tez, Dan Corbett, je vais vous montrer la demeure
qu'il prépare à maman ! » Une grande pièce !
Mam'selle Bess : haute, large, riante ; avec des por-
traits tout autour : celui de Madame, de Monsieur,
de miss Nelly, des petits ; de gens que je connais,
de gens que je ne connais pas ! Après, miss Nelly
m'ouvre votre parloir, Bess, votre parloir là-haut !
garni d'images, ni plus ni moins que la chambre de
Madame ! Et vous étiez là, Bess, dans vos habits de
tous les jours ! pas ceux du dimanche, comprenez-vous çà ? Et, pensez encore, j'y étais, moi,
comme vous me voyez ! Miss Nelly me touche le
bras. « Il y a une maison pour vous, Dan Corbett ! »
— Elle m'appelle d'un signe, je la suis. Elle me faisait faire tout ce qu'elle voulait. Nous entrons. Il y
avait des gravures ; je me voyais dans chacune
d'elles ; tantôt M. Barrie, tantôt Madame, tantôt
vous mam'selle Bess, près de moi ; et des anges ; et
chacun levait le doigt pour me montrer le ciel, et
je frissonnais, et je regardais, quand tout à coup les
images s'effacent, les murs deviennent plus blancs
que neige, une figure, seule, grande, éblouissante y
paraît. Voilà qu'elle sort de la muraille, voilà
qu'elle s'approche de moi, voilà qu'elle me montre
ses mains percées de trous ! *Il* allait les poser sur
ma tête... je me réveille !

Corbett se cacha le front. Après un moment de silence :

— Qu'est-ce que cela veut dire? — reprit-il d'une voix altérée : — Est-ce que, peut-être, je ne dois pas porter ces beaux habits?

Bess passa le coin de son tablier sur ses yeux :

— Il vous en donnera de plus beaux, Dan Corbett. Seulement, faut aller vers lui.

— Et moi qui ai reculé!..... Et c'est ce qui m'a réveillé!..... Là, quand il avançait les mains sur moi! — Dan se tut, réfléchit encore, puis se levant pour prendre congé : — Ça m'a fait du bien de vous dire ça! Et... et... Vous pourrez le raconter à Madame.

Si l'âme de Corbett ne sortit pas de l'entrevue et du rêve, aussi blanche que son corps de la rivière; un changement, positif néanmoins, s'opéra dans ses habitudes. Son travail, d'intermittent qu'il était, se fit régulier; la maisonnette, le sentier, le jardinet, tout prit certain air avenant, qui laissait les passants abasourdis. Ils regardaient, yeux écarquillés, puis se consolaient de la métamorphose — le monde n'aime guère à constater le relèvement des tombés — en murmurant : Ça ne durera pas!

Mais cela durait, même cela progressait. Dan avait renoncé — oh miracle — à dresser des coqs de combat. Bien plus, rencontrant certain soir son ancien ennemi, Scott le meunier; qui le saluait, par parenthèse, d'une bordée d'invectives :

— M. Scott, dit-il tranquillement, savez-vous que votre haie est ouverte? que vos moutons se régalent dans votre blé? J'ai, que bien que mal, bouché le trou. Mais si vous voulez me tendre deux ou trois pieux, je le fermerai pour de bon!

— Passe ton chemin, faiseur d'embarras! Va te promener, avec tes réparations!

— Comme il vous plaira, M. Scott. Fâchez-vous si ça vous va! Je me fais vieux, je désire mourir en paix avec les voisins. Je ne vous ai pas toujours parlé comme il fallait... je m'en excuse, et voilà.

— Mourir en paix, toi! Tu mourras au bagne! A moins que ce ne soit sur l'échafaud!

— Possible! M. Walker nous parlait dimanche d'un brigand, sauvé à la dernière heure. Celui qui l'a sauvé, me sauvera peut-être, moi aussi.

— Par exemple! Te mettrais-tu à fréquenter l'Eglise, *toi*, Dan Corbett?

— De temps en temps.

— Non! Pas vrai? Alors, Dan Corbett, tu en fais plus que moi! — Le fermier creusait la terre du bout de son bâton : — Soit, ne parlons plus du passé! — il toussa : — Et... merci! pour les moutons, tu sais!

Le Colonel Gordon passait une partie de l'été

chez M. Kirkwood; nos deux amis se présentèrent à Knowe Park. Bess, par malheur — M. Kirkwood le regretta autant qu'elle — se trouvait absente ce jour-là.

Une fois la parenté dûment constatée entre Mrs. Barrie et le Colonel, les relations, de cérémonieuses qu'elles étaient au début, se firent vite amicales. Un piano, d'autres objets soigneusement choisis, prirent bientôt le chemin du cottage. Les châteaux en Espagne de Bess, néanmoins, tout en se dessinant d'un trait plus net, demeuraient à l'état nuageux.

Un esprit de sociabilité soufflait alors, je l'ai dit, sur nôtre Eglise Indépendante de Blinkbonny.

Les meetings se faisaient plus familiers, on y parlait plus librement.

Et j'assiste encore par la pensée à cette réunion mémorable — 1850 — où le Dr. Guthrie, ayant annoncé sa visite, la foule emplit notre chapelle, à faire sauter les murs !

— Y a-t-il une place ?

La voix partait du vestibule. Absorbés par ce qui se passait au dedans, les jeunes gens de service, se retournent à peine :

— Avez-vous une carte d'entrée? demande l'un d'eux.

— Une carte? non.

— Alors, impossible. Tout est plein.

Survient M. V***, diacre, lequel reconnaît... Sir John M'Lelland !

— Ce jeune homme parle de carte ! Je ne sais ce que c'est. Il faut donc m'en aller ?

— Stupide animal !... Pardon, pardon ! — bégaye le diacre : — De ce côté, Votre Honneur, je vous en prie !

Diacre et Baronnet, passent devant le jeune homme pétrifié (Sir John dans la chapelle ! pouvait-on s'attendre à cela?) traversent la sacristie, et tout à coup, précédé du diacre, Sir John M'Lelland paraît sur la plate-forme.

Je laisse à juger l'effet. Tonnerre d'applaudissements ! Lui, Sir John, l'adversaire déclaré de l'Eglise Indépendante !

Le tumulte apaisé, Sir John s'avance :

— Permettez-moi, Messieurs ! dit-il. Et simplement (l'émotion parfois faisait fléchir sa voix) il raconte l'épisode des trois enfants du pasteur, assis sur le trottoir, devant le bureau postal, leur petit bagage entassé dans le fauteuil à roulettes ; et le Dr. Guthrie arrêté près d'eux, étendant sa main pour les bénir.

A ces mots Kennedy, le tailleur, ne se possédant plus, se dresse tout debout, agite son vaste mouchoir à carreaux rouges et blancs, crie *bravo!* de toute l'énergie de ses poumons, se démenant de telle sorte, qu'il ne faut rien moins que le vigoureux poignet du voisin, pour le remboîter dans son banc.

— Lors de la séparation, reprend Sir John, j'ai employé, soit envers monsieur Barrie, soit envers plusieurs d'entre vous, gentlemen, un langage dont je regrette aujourd'hui les expressions. Je n'exposerai pas, en ce moment, mes opinions actuelles; mais je retire publiquement tout ce qu'il y a eu de précipité... de hasardé, dans les paroles qu'alors, j'ai publiquement prononcées. Monsieur Barrie, des centaines de pasteurs avec lui, ont agi en héros chrétiens (je le déclare ici) lorsque, pour obéir à leur conscience, ils sont résolument entrés dans une voie pleine de périls. Je les en honore. Et je vous honore aussi, vous, les membres de l'Eglise Libre d'Ecosse, pour avoir noblement, virilement répondu à leur héroïsme : pour avoir défendu, en victorieux, la cause à laquelle ils ont tout sacrifié! — Ce fait : l'Eglise Indépendante; est en Ecosse, à mes yeux comme aux vôtres, Messieurs, le grand événement du siècle; la gloire de notre pays! Impossible de rendre plus éclatant témoignage à l'autorité d'un principe. — Maintenant (Sir John se tourna vers le Dr. Guthrie) je vous cède la place, Docteur. Pardonnez-moi, ainsi que vous gentlemen, de l'avoir trop longtemps occupée.

Sir John s'effaça derrière le Docteur, et tous deux échangèrent la plus loyale poignée de main que se fussent jamais donnée deux hommes de cœur.

Le discours de Guthrie, ardent, puissant, acheva

d'électriser l'assemblée : — Fort comme quarante
pasteurs ! entendait-on crier.

Quant à Bess, transportée, elle aurait volontiers
dit, avec saint Paul, (après son enlèvement au troisième ciel) : « Dans le corps, hors du corps, je ne
sais ! »

XI

CHANGEMENTS

L'Eglise Indépendante de Blinkbonny constituée, organisée, se sentant assez sûre d'elle-même pour déployer toute son activité, joignit à ses œuvres déjà prospères, la création d'une *Société Dorcas*, autrement dit : réunion de couture en faveur des indigents.

Mrs. Clark, la mère de mon Agnès, admirablement qualifiée, en prit la direction. Sans pitié pour les faux pauvres, rigide aux fainéants, sourde aux *quémandeurs;* Mrs. Clark excellait à découvrir les vrais besoins, les silencieuses misères, les travailleurs à bout d'ouvrage et de pain. Que de foyers sans feu, lui durent un chaud brasier ; que de huches vides, ces bonnes *miches* dont l'odeur faisait rire les enfants; que de pauvres corps transis cessèrent de grelotter, blottis avec des tressaillements de plaisir, sous les moelleuses couvertures qu'elle avait envoyées !

La Société Dorcas ne pouvait, on le conçoit, marcher sans argent : point d'argent sans collectes. Or, les quêteuses ne rencontraient pas toujours bon accueil.

L'une d'elles, Miss Roxburg, s'en va trouver un gros richard : M. Skinner. Miss Roxburg lui expose le but de sa visite :

— Collecte, Société ! grommelle notre homme : Encore une ! — il lève les bras au ciel — *Société Dorcas !* Pour l'amour de... qu'est-ce qu'elle fait, celle-là ?

— Elle fournit gratuitement aux pauvres du combustible, des aliments, et des habits.

— Hum ! Pourquoi ce nom : *Dorcas !* Est-ce du latin, du français, de l'iroquois ?

— Oh monsieur Skinner ! Vous savez bien ! Dorcas faisait des vêtements pour les nécessiteux.

— Connais pas, jamais entendu parler. Dorcas ? où demeure-t-elle ?

— Mais monsieur Skinner, les Actes des apôtres ! Vous souvenez-vous pas ? Dorcas mourut, les veuves qu'elle assistait, désolées, firent chercher l'apôtre Pierre, lui montrèrent tout ce que Dorcas avait cousu pour elles. L'apôtre Pierre pria, ressuscita Dorcas, et les veuves furent consolées.

— Possible ! — répliqua M. Skinner, évidemment piqué. — Je lis ma Bible tout comme vous,

Miss Roxburg, je n'y ai jamais vu figurer cette femme. En tout cas, les Actes, que vous citez, n'en disent pas un mot! N'importe! — ici M. Skinner éternua, se moucha, et d'un ton toujours bourru :
— Tenez, Miss, voici une Livre! Dorcas ou non, votre Société a du bon. Mais faites-moi le plaisir de l'appeler d'une manière plus..... plus..... décente. DORCAS! Dans toute la Bible, il n'y a pas une *Dorcas*; c'est moi, Abraham-Isaac Skinner, qui vous le dis.

Un an à peine écoulé, la *Société Dorcas* devenait l'œuvre et l'intérêt de la ville entière.

Pour vivre dans une localité retirée, M. Barrie n'en rencontra pas moins l'erreur sur son chemin.

Elle se glissait dans l'ombre, parmi les faibles, les ignorants, ravis à cette pensée : en savoir plus long que le ministre !

Aussi ferme qu'il était pondéré, M. Barrie (sans jamais ni céder, ni se fâcher) démasqua le faux, quelque forme qu'il prît, de quelque « vêtement de lumière qu'il s'enveloppât »; n'admettant qu'une règle, comme il n'acceptait qu'une autorité : « *Ce qui est écrit.* »

Le troupeau lui dut de marcher droit, sur le droit sentier.

Juin, 1852, ramena le Colonel Gordon — il s'était éloigné durant l'hiver — chez son ami M. Kirkwood.

Bien que chancelante, la santé du Colonel lui permettait d'effectuer quelques promenades, dans son fauteuil d'invalide, que poussait... le croirez-vous ? Dan Corbett.

Lorsque pour la première fois, Dan lui fut présenté, les regards du Colonel s'arrêtèrent sur cette figure, qu'il considéra longtemps en silence. Où l'avait-il vue ?... A Blinkbonny, tout récemment ? Avant, bien avant peut-être ?... Le Colonel contemplait l'homme, et se taisait.

Knowe Park devint vite le but habituel de ses excursions. Les préférences de Corbett y étaient-elles pour quelque chose ?

Bientôt, le Colonel personnellement attiré par le charme des hôtes du Cottage, par la naïve affection des enfants, donna lui même, chaque jour, cet ordre : — A Knowe Park !

Je vous laisse à deviner si Dan Corbett se le faisait dire deux fois.

Le Colonel, dès l'abord, avait opéré une conquête ; celle de Bess. Ce type d'ancien soldat, franc, brave, beau encore malgré l'âge : ça lui allait !

Aussi, le fameux potage aux pommes de terre, sans compter bien d'autres mets exquis, se trouvaient-ils régulièrement placés sur la table, lorsque s'y venait asseoir SON HONNEUR.

— Votre cordon-bleu, dit un jour le Colonel à Mrs. Barrie, contribue plus à mon rétablissement, que tous les docteurs de la Faculté.

L'heure toutefois, n'avait pas sonné pour Bess, du tête à tête si ardemment désiré, qui devait, la mettant seule en face du Colonel, réaliser ses rêves.

Mais un jour, voilà que le petit Gordie, l'ami particulier du Colonel, s'en vient haletant lui dire :

— Monsieur Colonel! y a des poussins, éclos ce matin, veux-tu les voir?

— Je crois bien! Montre-les-moi.

— C'est que...., Bess ne veut pas qu'on les ennuie! Mais si tu lui demandes bien poliment, elle te permettra peut-être de les regarder!

Le Colonel sourit. Dan porta le message.

Adresser lui-même, de ses augustes lèvres, la parole, à Bess, une servante; le Colonel, encore imbu des préjugés de caste qui règnent aux Indes, n'y pouvait en aucun cas condescendre.

Le fauteuil une fois roulé devant la basse-cour; si respectueuse, si digne en même temps se montra Bess, si délicates étaient les attentions dont elle l'avait entouré, que notre Colonel oubliant grandeur, hauteur, caste, étiquette et le reste, s'écria tout d'une haleine :

— Votre réputation, Mlle. Bess, était parvenue jusqu'à mes oreilles; mon palais n'a pas eu de peine à ratifier les éloges que vous donnait M. Kirkwood.

— Oh Monsieur! — répondit Bess; les mots lui jaillissaient du cœur sans qu'elle en eût conscience :

— Je fais de mon mieux pour les amis de Mrs. Barrie. Une maîtresse comme elle! Pas fortunée d'un côté; riche de l'autre! L'activité de Marthe, la douceur de Marie, elle les a! Pour quant à la cuisine.... si Monsieur Kirkwood, et vous, Votre Honneur, vouliez me dire quels plats, *Écossais* (je ne m'entends qu'à ceux-là) vous préférez, je vous les mitonnerais un jour....

— M. Kirkwood ne demanderait pas mieux! interrompit le Colonel.

— Que Votre Honneur m'excuse — poursuivit Bess, très sérieuse — il y aurait le *Cockie leckie* (potage aux pois verts) le *Hotch potch* (riblettes hachées) la tête de mouton bouillie, les crêpes, le gâteau à la rhubarbe, la crème de notre Daisy!....

Ici, Bess fut pour la seconde fois interrompue. M. Kirkwood qui venait chercher le Colonel, avait entendu l'énumération :

— *Cockie-leckie!* s'écria-t-il : Mouton bouilli! hachis, crêpes, gâteau, rhubarbe! le tout accommodé par Miss Bess! on ferait cent lieues pour s'en régaler! Ah, Gordon, je vous y prends. Vous vous moquiez de mon enthousiasme à l'endroit du potage aux pommes de terre; et vous voilà, *vous*, composant un menu tel, que si vous l'avalez, vous pouvez vous vanter de vous porter mieux que moi!

— Permettez, permettez! c'est en l'honneur de votre gourmandise, Kirkwood, et non pour l'amour de ma personne que nous complotons,

Mlle. Bess et moi. En tout cas, si complet que soit le menu, il lui manque un assaisonnement (nous l'avons passablement oublié, ce me semble) : l'autorisation de Mrs. Barrie.

On reprit le chemin du Cottage.

Les deux amis ne savaient trop comment s'inviter auprès de la maîtresse de la maison. Gordie, sur l'épaule duquel s'appuyait le Colonel, les tira de peine :

— Maman! Maman! s'écria-t-il : Monsieur Kirkwood veut venir dîner ici, un jour, et Bess nous fera du *Hotch-potch*, du *Cockie-leckie*, des gâteaux, de la crème!....

Mrs. Barrie sourit :

— Un honneur et un plaisir pour nous, Messieurs! — dit-elle, adressant à chacun une gracieuse inclination de tête : — Voyons un peu.... Mardi prochain vous convient-il?

— A merveille! — répondirent d'une seule voix les gentlemen.

Au jour fixé, M. Kirkwood arrivait en avant-garde. Tirant de sa voiture quelques bouteilles de *Clicot*, le plus fin clos de Champagne comme chacun sait (seul vin dont les docteurs permissent l'usage au Colonel) :

— Prenez-moi ça! dit-il à Corbett : — Portez-les à Bess. Qu'elle les mette sur la table, au moment où elle servira! D'ici là dans l'eau fraîche.

Corbett obéit.

— Drôle d'affaires ! — exclama Bess, s'emparant des bouteilles : — Qui a jamais vu ça ! — Puis, les considérant avec cette curiosité mélangée de dédain, qu'elle professait pour tout objet de provenance étrangère : — Otez-moi ce capuchon doré, cette ficelle (tas d'embarras pour rien) ? que je vide le vin dans un flacon de cristal !

BOUM ! Le bouchon, partant comme une balle, le vin couvrant Bess de son écume, lui apprirent qu'elle ne savait pas tout ! S'essuyant à tour de bras :

— Emportez-moi çà ! fit-elle : Vous m'y reprendrez, oui, à toucher leurs machines !

Le dîner, écossais de la soupe au fromage, dépassa l'attente, même de M. Kirkwood. Images d'enfance, souvenirs de jeunesse lui revenaient, on l'eût dit, à chaque bouchée. Les explosions de sa gaieté allumèrent vite celle des convives ; rarement la table hospitalière de Mrs. Barrie, avait réuni si joyeuse société.

Tout prend fin, voire un bon dîner ! Il fallut revenir. M. Kirkwood marchait à côté du Colonel, toujours assis dans son fauteuil, que toujours poussait Corbett. Comme ils s'arrêtaient au sommet d'une raide montée, pour admirer la vue et permettre à Dan de reprendre haleine, le Colonel, fixant sur ce dernier, tandis qu'il s'essuyait le front, un regard pénétrant :

— Je vous ai très certainement vu, quelque part !

lui dit-il soudain : Cela ressemble à un rêve ; mais c'est un fait. Ne m'avez-vous point, autrefois, remis une lettre, de la part.... de mon frère ; au moment où je m'embarquais pour les Indes ! Un bandeau vous couvrait le front.... votre œil était perdu ! me dites-vous alors.... je m'en souviens comme de hier.

Dès les premiers mots, Dan s'était involontairement reculé.

— Hé bien ? fit le colonel.

— Votre Honneur.... serait-il, par hasard, le frère du *duc*.... pardon, pardon, Votre Honneur ! de M. Kenneth Gordon ?

— Sans doute. Pauvre Kenneth.... cerveau brûlé !

Le colonel avait parlé bas ; plus haut : — Vous le connaissiez ?

— Je ramais sur son canot, Votre Honneur.

— L'avez-vous revu ?

— Jamais, depuis le soir où il me remit cette lettre pour Votre Honneur.... au lendemain du jour que nous avions, pensant les reprendre nuit venue, caché le tabac et le brandy, dans les caves de M. Gordon des Granaries. Les reprendre ! Ah bien oui ! Nous comptions sans les *gabelous*. Flairés, guettés, poursuivis ! C'est là que j'ai laissé mon œil.

— *Gabelous*, brandy, tabac ! — répétait le Colonel, évidemment troublé : — M. Gordon des Granaries.... les caves ?..... Qu'est-ce que vous me contez là. Corbett ! Parlez-vous au hasard ?.... Est-ce sé-

rieux? Sur votre vie, achevez! Dites ce que vous
savez…. TOUT! sans qu'il en manque un mot.

La main de Corbett, tandis que l'interpellait le
Colonel, s'était enfouie aux profondeurs d'une poche
intérieure. Oreille basse, il narra l'aventure, puis,
quand ce fut fait, tirant de la poche un portefeuille
délabré, exhiba le plus crasseux lambeau de papier,
couvert des plus indéchiffrables hiéroglyphes :

— Votre Honneur! — étalant le chiffon sous les
yeux du Colonel : — Nous avions (mes patrons,
s'entend) plus d'une cachette! Ils tenaient leurs
livres, tout comme les armateurs réguliers. En voici
un : Cette ancre-là, Votre Honneur, avec la corde
enroulée cinq fois autour, signifie cinq pipes de
brandy. Ces lettres : R. K. en dedans de la corde,
ça veut dire : *Roseneath Kirkyard* (cimetière de
Roseneath). Voici la marque du duc…. — Corbett
se reprit —…. du frère de Votre Honneur : B. G. D :
Bydand.

— La crête de nos armes! interrompit le Colonel.

— Et ce tuyau, Votre Honneur (en écossais *a
Boyn*) c'est pour désigner une propriété des Gordon,
dans le nord!

— ABOYNE! notre château. Allez, allez!

— Ici — reprit Corbett, continuant sa démonstra-
tion : — une tour, *Dumbarton*. Et un *g*, pour indi-
quer les Granaries. Là! (excusez-moi, M. Kirkwood) le signe de Malcolm Kirkwood : une église
(*Kirk*) et…. et…. et….

— Une potence : *Wood!* — interrompit M. Kirkwood : Très expressives, ces signatures.

— Cette demi-lune — poursuivit Dan — avec
des jambes ailées, est un ordre adressé à la seconde
bande : (nous avions plusieurs compagnies, Votre
Honneur) l'ordre de *filer* la marchandise sur le dé-
pôt figuré par la tour et le *g* : Les Granaries — Corbett fit un gros soupir : — *Les Granaries*! reprit-il,
secouant la tête : Il n'a pas tenu à nous, Votre Honneur, d'en débarrasser à temps les caves! Sans les
mouchards, nez de bois pour les *gabelous!* Pauvre
M. Gordon des Granaries!... innocent comme l'enfant à la mamelle! Et tout payer, amende, frais,
tout! Et sauf moi, personne n'a jamais su qui était
l'auteur du mal. Ruiné! lui, la famille! Et la honte!!
Ça m'a suffi, Votre Honneur, je ne me suis plus
mêlé de ce commerce-là!

Un long examen, à tête reposée, confirma les ré-
vélations de Corbett.

Quelque douloureux que fût le sujet pour Mrs. Barrie, l'explication se renouvela, le lendemain, au Cottage.

Catastrophe, désastre financier, opprobre, perte
de la santé, puis de la vie; tous les malheurs qui
s'étaient abattus sur le père de Mrs. Barrie défilè-
rent, comme une procession funèbre, devant les
yeux du Colonel. Il comprit alors ce dernier message de Kenneth, le Duc; ces lignes qui lui recom-

mandaient, en termes si chaleureux, d'une si pressante supplication, M. Gordon des Granaries et ses enfants.

Fidèle au mandat, le Colonel se dépouilla, sur l'heure, d'une partie de ses biens en faveur de Mrs. Barrie, que de plus, il institua, par testament, son héritière universelle.

Dan Corbett ne fut pas oublié. Outre la rente annuelle que lui assurait le dit testament, notre ex-contrebandier recevait tous les six mois, certaine sommation ainsi conçue :

« Monsieur Dan Corbett est prié de passer, tel jour, telle heure, dans les bureaux de MM. X***, banquiers. »

Bureaux ! Banquiers ! — Dan aurait eu peine à dire lequel l'interloquait le plus : entrer à l'église, ou chez ces hauts seigneurs de la banque, barricadés derrière leurs grilles, des montagnes de registres devant eux !

Aussi notre homme, s'y attardant le moins possible, se hâtait-il d'apposer tremblant, doigts mal assurés, sa croix au bas du papier qu'on lui présentait ; puis, beaux et bons *souverains* en poche, de revenir, par des chemins détournés, mettre son trésor en lieu sûr.

En lieu sûr ! Où ? là était la question. Chacun, lui semblait-il, devait voir briller les pièces d'or, à travers les murs de sa masure !

A force de ruminer, Dan prit une loque, y ficela

ses guinées, enleva une brique au coin précis du foyer où *Burke* s'allongeait d'ordinaire, et y enfouit son lopin. La brique, il la soulevait parfois, retirait une Liv. ou deux, l'allait changer, achetait — ses besoins personnels n'étaient pas nombreux — quelques bribes pour lui, amples provisions pour de plus pauvres, et s'en revenait content. Mais quand Bess, qui savait sa fortune, s'avisa de lui demander un shelling pour les missions :

— De l'argent aux nègres ! fit Dan : Vous m'avez trouvé ! — et il lui tourna le dos.

La prédication de M. Barrie était, nous le savions depuis longtemps, vivement appréciée partout où l'appelaient ses échanges avec d'autres pasteurs. Nous le savions ! nous étions fiers de posséder un tel conducteur à la tête du troupeau, sans que — rira qui voudra de notre simplicité — l'idée nous vînt, qu'on pût songer à nous le prendre ! — Quelle ne fut donc pas notre étonnement, je dis peu, notre douleur, lorsqu'un appel, parti d'Edimbourg, l'invita, lui, *notre* M. Barrie, à venir y *paître* une vaste congrégation.

Oh ! mais, tout n'était pas perdu !

M. Barrie, accepter, nous quitter ! jamais. N'avait-il point, grâce aux changements survenus dans sa position matérielle, de quoi faire face à l'éducation de ses enfants ? Blinkbonny ne les avait-il point vus naître ? Le cimetière de Blinkbonny, ne ren-

fermait-il pas une petite tombe? Ne nous aimait-il
point?

Oui, certes, M. Barrie nous aimait. M. Barrie
savait, sentait tout cela. Mais il était une chose qui,
pour lui, décidait en dernier ressort : le devoir.

Avis et aviseurs ne firent pas défaut. M. Barrie
recevait les uns, laissait dire les autres, et restait silencieux. Il avait près de lui, meilleur conseiller. Conscience, foi, jugement, tendresse, il trouvait tout en sa femme. Que pensait-elle, *elle*, de la
question?

Tous deux l'examinèrent; ai-je besoin de dire
avec quelles supplications au Seigneur!

Comme son mari, Mrs. Barrie éprouvait la puissance des liens qui les attachaient à Blinkbonny;
comme lui, elle mesurait l'étendue, le poids des
charges qui incombent aux pasteurs des grandes
villes; comme lui, ces responsabilités nouvelles,
inconnues, la faisaient frissonner; comme lui, durant les heures de solitude, elle plaida le *pour*, le
contre; après quoi, en modeste, timide, confiante,
véritable femme — au sens idéal du mot — qu'elle
était, elle s'en remit à M. Barrie, du soin de décider.

Le *pour* l'emporta.

M. Barrie — la réunion du conseil d'Église eut
lieu bientôt après — annonça d'une voix dont l'émotion n'ébranlait pas la fermeté, qu'il se rendait à
Edimbourg.

Vous entendez d'ici les regrets de l'Eglise entière,
ses représentations! Mais la charge d'âmes, les
besoins, les misères d'Edimbourg jetés dans la
balance, avaient fait pencher le plateau du côté
des plus lourds devoirs. Il n'y avait pas à en
revenir.

Une fois la résolution prise, énoncée — non sans
larmes, vous pouvez m'en croire : — Et Bess!
s'écrièrent d'un même accent les deux époux.

Bess, si profondément agreste, villageoise jusqu'à
la moelle des os, vivre à Edimbourg! Loin du potager, des poules, de Daisy! — car, pour que vous le
sachiez, lecteur, les vaches qui depuis des années
se succédaient dans l'étable, portaient cet immuable
nom : Daisy! — Bess, emprisonnée entre quatre
murs! Bess, contrainte de borner son activité aux
casseroles et au balais!

Notre brave servante, au surplus, préoccupait
fort, depuis quelque temps, sa maîtresse. Non que
son service laissât rien à désirer. Alerte, honnête,
économe, dévouée, elle l'était comme toujours.
Mais, chaque fois que se terminait une réunion
d'anciens, David Tait, l'un d'eux — Mrs. Barrie
l'avait remarqué — au lieu de sortir par la grande
porte avec ses collègues, enfilait sans mot dire un
passage de service. D'autres s'avisaient-ils d'en faire
autant, Bess, brûlant la cérémonie, leur souhaitait
le bonsoir, après quoi, se hâtant vers la cuisine,

elle y trouvait David Tait. Tous deux, assis devant l'âtre, causaient.... ou songeaient.

Propriétaire d'un joli bien, David Tait vivait seul, après avoir tendrement soigné sa mère, que la mort venait de lui ravir. Intelligent, laborieux, un peu lent de pensée et timide, il fallait le connaître pour l'apprécier. Bess l'appréciait, évidemment.

— Hé bien! — lui demandait parfois sa maîtresse : — Où en sont les affaires, entre David Tait et vous?

— On en est là! répondait invariablement Bess.

Certain jour : — Oh Ma'am! — s'écria Bess, réprimant une forte envie de rire : — Oh Ma'am! Il ont arrivé un grand malheur à David!

— Un malheur? C'est pour cela que vous riez, Bess!

— C'est que.... c'est un si drôle de malheur!

— Drôle!... quoi donc?

— Dimanche, Ma'am, David était installé, bien posément, devant chez lui, lisant sa Bible tout en mangeant un morceau, avant de partir pour l'Eglise (parce qu'il ne rentre que tard, vous savez, Ma'am!) voilà qu'un des veaux s'échappe. David met sa Bible et son pain sur le banc, pour rattraper le veau. Pendant qu'il court après, Flint, le jeune chien (c'est toujours affamé, ces bêtes-là) saute sur le pain, l'engloutit, et du même coup, avale toute la 2ᵉ aux Corinthiens, avec la moitié de la 1ʳᵉ! David ne peut pas s'en remettre. Il dit que c'est un sacrilège!

— Pauvre M. Tait! Il aurait besoin d'une femme dans la ferme; pour y rétablir l'ordre, Bess.

Mais les visites de Tait continuaient, plus fréquentes et plus longues, sans amener l'apparence de résultat; ce que voyant, Mrs. Barrie résolut de donner un coup de main aux amoureux.

Pénétrant donc un soir dans la cuisine, au moment où David y faisait sa taciturne cour.

— M. Tait! dit-elle, après quelques mots de bienvenue : — Vous aimez les causeries au coin du feu. Je le comprends, la solitude est dure.... surtout quand on a du cœur. Une maîtresse à Blackbrae (c'était le nom de la ferme) y amènerait le bien-être et le bonheur. M. Tait! n'y avez-vous jamais songé?

Bess, confondue de tant d'audace, tricotait de plus en plus vite, pour dissimuler sa confusion :

— Ne montez pas ce soir! — ajouta Mrs. Barrie, lui posant affectueusement la main sur l'épaule : — J'imagine que vous avez.... plus d'une pensée à échanger. Ainsi, adieu!

Le silence qui suivit, silence qu'interrompait seul le cliquetis des aiguilles de Bess avec le tic-tac de la pendule, pouvait faire croire, au contraire, qu'ils n'avaient pas un mot à se dire.

Les aiguilles de Bess menaçaient de s'emporter!

Son cœur, celui de David, palpitaient à se rompre....
mais le silence durait. Enfin, David, après s'être
levé, puis rassis, puis levé de nouveau; après avoir
regardé en haut, en bas, à droite, à gauche, partout, sauf du côté de Bess, s'enhardit jusqu'à dire,
d'une voix solennelle :

— Quelle chaleur !

Le malheureux suait à grosses gouttes.

Bess, muette, comptait les tours de son bas.

— Bess ! reprit David..... Pensez-vous que
Mrs. Barrie.... cherche une servante?

— Une servante? — Bess leva les yeux : — Peut-
être.

— Alors... mam'selle Bess.... si je cherchais....

Bess restait bouche close.

— Si je cherchais....

Cette fois, Bess se décidant à parler :

— Si vous cherchiez?

— Une.... une....

— Une?

Silence.

— Epouse! — nouveau silence : — Qu'en dites
vous, Bess?

— Je ne sais qu'en dire.

— Moi non plus.

Troisième pause, durant laquelle le balancier de
la pendule semblait battre trois fois plus fort qu'à
l'ordinaire.

— Eh bien. Bess! — un énorme soupir accom-

pagnait ces mots : — Eh bien, si nous risquions....,
moi et vous.... l'aventure?...

— C'est très sérieux, David, très sérieux!

— Oh! oui, Bess, très sérieux! — Il se moucha
bruyamment. — Néanmoins, Bess, nous sommes....
trop avancés.... pour reculer. Réfléchissez, Bess!
— puis, d'un accent plus vif : — Bess, ne dites
pas *non!*

— J'y penserai, monsieur Tait.

— Oh, vous avez le temps, mam'selle Bess. Ne
précipitez rien. Qui se décide à la hâte, à loisir se
repent!... Je reviendrai un de ces soirs, mam'selle
Bess.... pour savoir!

David Tait, il faut croire, avait sur le temps
d'autres notions que Bess.

Depuis le jour de l'entretien décisif — elle en
avait compté dix dès lors — Bess tenait sa cuisine
dans un ordre plus parfait si possible. Depuis dix
jours, faisant chaque soir un brin de toilette, elle
poussait la coquetterie jusqu'à natter sa chevelure
de nouvelle façon, jusqu'à revêtir sa robe du dimanche, jusqu'à interroger çà et là le miroir! —
Et David ne paraissait pas! Bess avait beau inspecter le sentier de Blackbrae, personne ne s'y
montrait; avancer une chaise vers l'âtre, la chaise
demeurait vide.

Enfin, enfin, au bout de deux interminables semaines, notre amoureux vint s'y asseoir.

Aussi mal à l'aise l'un que l'autre, Bess et David gardaient un silence qu'illustraient quelques rares et banales remarques sur la saison, le blé, l'étable; lorsque, percevant un léger bruit, s'imaginant que Mrs. Barrie allait paraître, David Tait se lança.

— Bess! balbutia-t-il : avez-vous réfléchi.... assez!

— Oui....

— Et vous.... consentez, n'est-ce pas? autrement, jamais je n'oserai revoir madame! Vous ne dites pas *non!*... n'est-ce pas?

Or, pendant les deux semaines qui venaient de s'écouler, Bess avait composé, fait et refait, tourné et retourné une solennelle réponse, qu'elle répétait tout à l'heure encore, pour la centième fois! Quand il fallut l'articuler : bonsoir! plus un mot. Disparue, oubliée; mais là, du commencement à la fin!

Le dépit, la honte, Bess ne se sentait plus. Son cœur et son bon sens toutefois, venant à la rescousse, lui en dictèrent une autre, bien autrement éloquente.

Se levant, touchant légèrement le bras de Tait :

— Hé bien, OUI! dit-elle. — David Tait, les prunelles agrandies, soudain transfiguré, s'était levé, lui aussi : — Le cœur se donne avec elle! — poursuivit Bess, lui tendant la main. Il la saisit, l'étreignit, puis la personne, qu'il embrassa de toutes ses forces, tandis que souriant, rougissant, pleurant presque :

—Les voies de Dieu.... — commençait Bess.

— Sont magnifiques! — acheva David Tait.

— Vous trouvez?..

Un baiser plus passionné que tous les autres à la fois lui répondit :

— Alors.... Vous m'aimez... de vrai?...

David Tait allait réitérer la réplique :

— Non, non! — fit Bess, détournant la tête : — C'est que moi.... Voyez-vous.... je vous aimais depuis longtemps.... parce que...

— Parce que vous m'aimiez, que je vous aimais, que nous nous aimions, que Dieu nous bénira.... et que nous le servirons!

Impossible, ce soir-là, de trouver plus heureux couple.

David Tait, le front haut, le regard fier, tenant serrée la main loyale qui reposait dans les siennes, se prit même à répéter *sotto voce* quelques strophes de :

« Ma belle aux yeux noirs! »

Ces *deux étoiles*, ces joues *plus roses que la rose*, cette bouche *pas si grosse qu'une cerise*, cette *fossette rieuse au menton*, s'appliquaient-elles bien à Bess, taillée plus en Junon qu'en Hébé?...

Que vous dirai-je, Bess ne s'en formalisa guère, à en juger d'après les regards, pas courroucés du tout, que recevait tantôt David, tantôt — à la dérobée ceux-ci — le bout de miroir enchassé dans le mur.

— Moi! dit-elle lorsque David eut achevé : Je ne sais que : « Les rives de Ben Lomond! » trop triste pour ce soir. Ou que... — et d'une voix limpide comme l'eau de roche, Bess chanta :

> « Il n'a jamais aimé que moi
> Je n'ai jamais aimé que lui.
> Il me prend pour la sienne,
> Je le prends pour le mien! »

Après quoi, redescendant à pas lents, appuyés l'un sur l'autre, ce Mont Parnasse que gravissent tous les amoureux (quitte à en dégringoler plus vite qu'ils n'y étaient montés), nos fiancés s'oublièrent à ces mille détails pratiques : arrangements, modifications, perfectionnements à venir; clous d'or, qui fixent, semble-t-il, le bonheur ici-bas.

Au moment de partir :

— Et puis, Bess! s'écria David Tait : Je ferai réparer la maison... qu'elle soit digne de vous!

— Réparer! — Bess recula : — Réparer! Dieu vous en préserve, David Tait! Quand les brasseurs de mortier vous tiennent, *le bas se défile!* Une fois établis... nous verrons!

A dater de ce soir-là, Bess ne dit plus, d'un ton bref : j'aviserai, je ferai! Mais, avec des intonations presque tendres : *Nous* ferons, *nous* aviserons!

NOUS! Oh le splendide mot, que ce petit mot : *nous!*

Seul, le visage de Bess trahissait la grande nouvelle; il avait retrouvé l'éclat de ses vingt ans. Quant à dire, même à sa maîtresse : Je me marie! les lèvres de Bess ne s'y décidaient pas.

Pourtant il fallait bien que cette *énormité*, son mariage, arrivât au plein soleil. Bess donc — sans être rusée elle était fille d'Eve — s'approchant un matin de Mrs. Barrie, tandis que celle-ci cueillait des fleurs :

— Ma'am, pardon Ma'am ! — fit-elle, la plus belle teinte pourpre sur les joues : — Ma'am, voudriez-vous... pourrais-je... vous acheter un peu de ces cassis... maintenant que la provision de gelées est faite? Pour... pour...

Mrs. Barrie posa les fleurs, saisit les mains de Bess, la regarda jusqu'au fond des yeux, puis, avec un sourire malin :

— ... pour faire les confitures de M. David Tait! Le fiancé, bientôt l'heureux époux de Miss Bess! dit-elle.

Bess avait jeté son tablier sur sa tête. Mrs. Barrie en retira doucement les plis :

— Bonne, fidèle Bess ! s'écria-t-elle : Que Dieu bénisse votre union ! Puissiez-vous cheminer, vous et M. Tait, la main dans la main, jusqu'au dernier tournant du sentier !

Elle se dirigeait vers le cabinet de M. Barrie.

— Non, non Ma'am, en grâce! Y a quelqu'un chez monsieur! Et, s'il vous plaît, Ma'am,... entendre parler de ça... — Bess regardait autour

d'elle d'un air effaré : — Ça me rend... comme si
j'allais pleurer !... Et je vous remercie bien, tout de
même, Ma'am ! — après une pause : — Pour quant
aux cassis... puis-je les acheter... à...

— *Acheter*, *vendre*, entre nous, Bess ! Savez-vous
que si, même un étranger, me parlait d'acheter des
cassis, je me fâcherais ! Et vous, notre Bess, vous
osez ? Prenez tout ce qui reste... et pour vous punir,
Bess, je mettrai le sucre dans la *bassine* à confitures,
et l'assortiment de pots à côté !

Le front de la ménagère s'éclaira :

— Trop bonne, Ma'am ! Beaucoup, beaucoup
trop bonne !

— Ne me répétez jamais cela, Bess ! *Trop* bonne,
pour vous ! Le pourrais-je, dites ?

M. Darrie sortait en cet instant du Cottage. Bess
eut beau se cacher, il lui fallut comparaître par-
devant M. le pasteur, à qui sa femme communiquait les fiançailles. Tous trois, saisis d'une émotion
trop intense pour essayer de lui donner le change,
restèrent quelque temps muets. Vingt années de
service dévoué ! Voilà ce qui leur étreignait le
cœur. Et tant de vicissitudes partagées, tant de
larmes répandues, tant de prières ensemble, tant
d'actions de grâces d'un même élan ! C'est une parenté, cela ; plus forte et plus réelle, entre maîtres et
serviteurs qu'unissent même foi, mêmes affections,
même espoir, qu'entre individus que lie le sang, et
que sépare tout le reste.

XII

DES NOCES! ENCORE ET TOUJOURS!

Tout changement de pasteur entraîne, chez nous, d'interminables formalités. Qui dit formalités, dit longueurs. M. Barrie eut à les subir.

Le temps s'écoulait, les impressions s'amortissaient, et je n'étonnerai personne, si j'ose prétendre ici que le mariage de Bess, lorsqu'en éclata la nouvelle, prit dans les conversations, la place qu'y avait jusqu'alors occupée l'appel de M. Barrie à Edimbourg.

Bess! se marier! Elle, à qui chacun avait implicitement signé son brevet de vieille fille! Bess de la Manse! Bess, du Cottage! Bess, que depuis longtemps on appelait : *Bess Barrie!* Elle, quitter la famille! Elle, rester en arrière, à Blinkbonny, tandis que la famille s'en allait! Elle, Bess, devenir Mrs. Tait! — En voilà, de quoi jaser, et vers la

fontaine, et au four, et sur la grand'route, dans les
sentiers, au coin du feu, partout.

On ne s'en fit pas faute. Chose étrange, tout le
monde applaudit, nul ne glosa. C'est qu'on connaissait Bess, et que la connaître, c'était l'aimer.

Qui donc, parmi les pauvres... et les riches
encore, n'avait pas quelque bon souvenir de Bess
à rappeler? Vers qui ces mains vaillantes, bienfaisantes, ne s'étaient-elles point avancées?

Mais lorsque amis et voisins, arrivant en foule,
lui apportèrent leurs félicitations; la surprise de
Bess ne le céda qu'à son courroux.

— Une foire! Matin, midi, soir, les voilà! — disait-
elle à David Tait : — Ça n'a donc rien à faire chez
soi, que ça vient m'encombrer ma cuisine! Que je
ne peux pas tant seulement écurer mon plancher!
Ils m'aiment, qu'ils disent. Oui, je sens ça, M. Tait;
c'est vrai, c'est bon; allez, je le sens! Mais ça perd
mon temps, tout de même. Notre *ancien*, M. Taylor,
n'a pas tant fait d'histoires, lui : — « Donnez-moi
une bonne poignée de main, Bess! » — qu'il m'a
dit. Après : — « Je crains, ma pauvre Bess, que
vous n'échappiez pas à la malédiction! » — « Malédiction! que je crie : Est-ce le vœu que vous m'ap-
portez, M. Taylor? Vous, un *ancien!* » — Alors il
reprend, de son air sérieux, vous savez, avec le
rire par-dessous : — « Bess, la Bible dit : *Malheur
à vous, quand tous les hommes diront du bien de
vous!* Or tous les homme, Bess, et toutes les femmes

(ce qui est plus grave... et plus rare) en disent.... »
— il lève les bras au ciel : — « Monsieur Taylor,
que je fais, j'aimerais bien qu'ils ne *disent* rien du
tout ! S'ils me voyaient comme je suis, M. Taylor,
ils m'appelleraient comme je m'appelle : une servante inutile à Dieu et aux hommes !... même quand
je fais ce que je peux » — « C'est ça, Bess ! » — dit
M. Taylor, avec un signe pour m'approuver : —
« Pour quant à *ce qui est devant moi !* que je re-
prends : Faut pas m'en parler, M. Taylor ! » —
« Pas vous en parler ! qu'il fait : Bess, ne regardez
pas en arrière ! mal en prit à la femme de Lot ! En
avant, Bess ! avec les délivrances du passé, les bénédictions du présent, les promesses de l'avenir ! »

— Et moi ! — s'écria David Tait, qui, sachant
probablement à quoi s'en tenir, passait condamna-
tion sur les apparentes froideurs de Bess : — Moi,
vous ne devinez pas qui m'est venu complimenter?

Bess secoua la tête.

— Le Baronnet, Bess ! Son Honneur ! *Sir John,*
M'Lelland ! A cheval, tout exprès, *chez nous,* Bess !
Fallait l'entendre ! Savez-vous ce qu'il a dit ? —
« Point de pays comme l'Ecosse pour y mourir !
à peine expiré, chacun célèbre vos vertus. S'y marier, autre affaire ! le diable met ses lunettes, prend
le tissu de votre vie entre ses doigts : taches, trous,
vétilles, tout ressort ; et vous voilà arrangé de belle
façon. Le diable a eu beau manier, examiner, tourner
et retourner l'existence de votre fiancée, M. Tait :

ni vétilles, ni accrocs! Rien à dire, sauf du bien! »

— Toujours la même chanson! — interrompit Bess, qui, au fond lui trouvait, dans la bouche du Baronnet, certaine nouveauté... pas déplaisante : — Si Son Honneur me connaissait!...

Les amis de Bess — elle en avait dans les deux camps — résolurent de lui offrir, réunissant leurs ressources, un modeste cadeau de noces.

Que choisir?

Les uns parlaient d'argent : — On sait toujours qu'en faire! — disaient-ils. — Oui, mais c'est brutal.

Les autres parlaient d'un mouton, ou d'une chèvre! — David Tait en possède plus qu'il ne lui en faut. — répondait-on.

Celles-ci proposaient nappes et serviettes! — les bahuts de la ferme en regorgeaient.

Celles-là un édredon! comme si Bess n'avait pas le sien!

Chacun tirant en sens contraire, on porta, d'un commun accord, la question devant Mrs. Barrie.

Bess consultée en secret — non sans magnanime défense de sa part — le résultat de la conférence fut : Un vaste plaid *Cameron* (le clan de Bess, Cameron par sa naissance) plus, un beau service à thé.

Pauvre Bess, recevoir la députation féminine chargée de lui présenter l'offrande, ce n'était pas petite affaire! Lorsqu'en tête, parut le Dr Stevenson, orateur élu, seul de son espèce; là, dans le parloir, avec toutes ces dames rangées autour; Bess eut envie de s'aller cacher dans la cave. Un regard de Mrs. Barrie l'arrêta.

Rouge comme la braise, roulant et déroulant le coin de son tablier, Bess écouta donc le *speech* fleuri que lui adressait le docteur. Il fallait répondre. Plus rouge encore, le tablier plus malmené qu'avant :

— Merci ! fit-elle à voix basse. Une grosse larme débordait la paupière : — Merci !... toutes ces dames ! Je ne me permettrais pas... ce serait trop d'audace à moi... de les inviter; mais si, une fois, en se promenant, elles voulaient bien s'arrêter.... chez nous....! Remplir cette belle théière pour elles... ce serait un honneur pour moi.

— Nous irons! répondirent vingt voix : Nous irons!

— Et moi! s'écria le docteur : Je serai de la partie, Bess, n'est-ce pas? — Bess fit la révérence : — Et, quand vous verserez le thé dans ma tasse, n'oubliez pas d'y laisser tomber un brin de cendres!

Cendres! dans le thé! Bess n'en croyait pas ses oreilles :

— Enfin, si ça plaît à Votre Honneur! dit-elle : Le foyer n'en manque pas.

— Miss Bess, entendons-nous! — fit le docteur, se secouant d'un gros rire : — Le brin de cendres

que je requiers, c'est une larme de bon vieux
wisky !

Mrs. Barrie avait préparé son cadeau : une bro-
che de l'or le plus pur, où se nattaient autour
d'une lumineuse boucle de Nelly, les cheveux diversement nuancés des divers membres de la famille. Le revers portait ces mots :

MISTRESS BARRIE A ELISABETH CAMERON,

Juillet 1851.

« *L'Eternel vous fasse miséricorde,*

comme vous avez fait,

à ceux qui sont morts et à moi [1] *!* »

Offert un soir, en tête à tête, le *souvenir* ravit et
troubla si fort notre Bess, qu'à peine trouva-t-elle
un mot à répondre.

Elle n'était guère sentimentale, notre brave servante ; mais tirant plus d'une fois, pendant la nuit,
son précieux joyau du sachet où il reposait, enveloppé de coton, elle le couvrit de baisers.

M. Barrie, cependant, restait pensif, le front
entre ses mains, devant la Bible — magnifique
exemplaire en deux volumes — qu'il destinait à
Bess.

1. Ruth, I, 8.

— Quel texte inscrire sur la première page ?
s'écria-t-il, voyant entrer sa femme : — Voilà une
heure que j'hésite. Faut-il mettre ceci ; on dirait le
portrait de notre Bess! (et il lut) : « Le cœur de son
mari s'assure en elle ; — elle lui fera du bien, tous
les jours de sa vie, et jamais de mal ; — elle fait de
ses mains ce qu'elle veut ; — elle considère un
champ et l'acquiert ; — elle tend ses mains aux nécessiteux ; elle ouvre sa bouche avec sagesse ; —
elle examine le train de sa maison ; — elle ne
mange point le pain de paresse [1]. » Il s'arrêta :

— La Bible date de loin! reprit-il. Or ses paroles, les paroles d'il y a deux mille ans, sont les
paroles d'aujourd'hui! Sous tous les cieux, dans tous
les âges, quelles que soient la couleur de l'homme,
ses mœurs, sa position : jeune, vieux, riche, pauvre,
malade ou fort, joyeux ou désolé ; la Bible est sa
lumière éternelle, car elle est l'éternelle vérité! —
Notre feuille de route « sur le chemin qui monte »,
— ajouta le pasteur. Puis, se tournant vers Mrs. Barrie : — Et maintenant, dictez, ma bien-aimée!

— Si vous écriviez ces mots : « L'Eternel te bénisse et te garde. L'Eternel fasse luire sa face sur
toi, et te fasse grâce. L'Eternel tourne sa face vers
toi, et te donne la paix [2]! »

M. Barrie les inscrivit d'un trait ferme.

1. Proverbes, XXI.
2. Nombres, VI. 24-26.

La Bible occupa, dans la ferme de Blackbrae, cette place d'honneur qu'elle tenait au cœur des époux.

Un problème restait à résoudre : le costume de la mariée.

Etoffe et couleur, s'entend. Quant à la forme, pas question de rien changer au patron, que de temps immémorial, avait adopté Bess. Dès le premier mot qu'on lui en dit, Bess s'était rebiffée. Jupe courte, taille courte, elle n'en démordait pas.

La couturière de Blinkbonny cependant, une autorité, ne se tenait pas pour battue. Apportant le dernier journal de modes : corsage décolleté, bras nus :

— Si nous prenions ce modèle? hasarda sa voix conciliante : — En le modifiant un peu...

— Moi! — répliqua Bess, que suffoquait l'indignation : — Moi, porter ce déguisement païen! Cette indécence!

— Allons, allons, ma'mselle Bess! ne nous fâchons pas! On fera ce que vous voudrez. Je vous montre cette coupe, parce qu'elle est gracieuse; très convenable, mam'selle Bess, *très convenable;* et que, pas plus tard qu'avant-hier, une dame, bien plus âgée que vous, s'y est arrêtée pour elle-même.

— Plus vieille la folle, pire la folie! — exclama Bess : — Rien de tout ça! Jupe, taille, manches, comme ceci!

Sur quoi, relevant le bas de sa robe, elle l'étala

devant les yeux scandalisés de haute et puissante dame Kenneth.

— La couleur? fit dédaigneusement celle-ci : Noir?

— Non. Ça porte malheur.

— Violet?

— Non. Ça passe au soleil.

— Vert?

— Non. J'aurais l'air d'une planche d'épinards.

— Jaune?

— Couleur de jalousie : Non.

— Alors?

Bess réfléchit un instant :

— Rouge! dit-elle d'un ton résolu : Ce beau mérinos, rouge foncé...

— Grenat.

— Grenat ou pas grenat, peu importe : Ce beau mérinos *rouge foncé*, que j'ai vu, derrière la vitrine, chez Grandseer.

— Soit.

— Et coupez juste! N'allez pas me dilapider l'étoffe? Et réservez une largeur! Et gardez-moi tous les petits morceaux! On ne peut pas répondre d'une tache, d'un accroc, d'un charbon qui saute!

Si elle n'avait pas tenu Bess en grande estime, haute et puissante dame Kenneth eût levé les épaules. L'honorant de tout son cœur, elle se contenta de soupirer.

— Et — reprit Bess avec une croissante emphase :

— mettez-moi de grosses *bouclettes*, de gros *cro-chets* : Je n'aurai personne pour m'agrafer !

Personne pour m'agrafer! — Qui comprendrait la phrase aujourd'hui? *Personne*, assurément. Une rangée de crochets, disposée vis-à-vis d'une rangée de boucles, le long du corsage ouvert par derrière, agencement parfaitement incommode, la rendait parfaitement intelligible alors.

Bess aurait voulu différer son mariage, jusqu'au moment où, établis à Edimbourg, M. et Mrs. Barrie pourraient se passer d'elle. Ils ne le permirent pas. Le grand jour fixé — se réservant, et d'aider au dé-ménagement de la famille, et de mettre Blackbrae en ordre une fois possession prise — Bess, de concert avec David, s'occupa du personnel de la noce.

Miss Maud Barrie, belle jeune fille maintenant; aussi douce, aussi gaie, aussi bonne ménagère grâce à Bess, qu'elle était cultivée grâce à M. et Mrs. Barrie, fut tout d'une voix nommée demoiselle d'honneur. Elle n'avait pas attendu cette distinction, pour met-tre tête et cœur : celui-ci chaud, celle-là sage, au service de sa fidèle Bess.

Les garçons d'honneur, comme on pense, foison-naient. David Tait prit les quatre meilleurs fils de fermiers, et laissa courir le reste.

James Barrie, respectable étudiant, aurait bien voulu servir de père à notre épousée! Ses dix-huit ans le privèrent de cette gloire. A qui donc était-

elle réservée? M. Barrie, il n'y fallait pas songer :
il devait bénir le mariage. Examen fait des postu-
lants; celui-ci élagué parce qu'il était trop laid,
celui-là parce qu'il le portait trop beau, l'un parce
que pauvre, la dépense l'aurait gêné, l'autre parce
que trop riche il aurait gêné tout le monde, on
choisit le maître d'école : M. More, neveu de l'époux.

Fier, tête haute — pensez un peu : traverser la
chapelle, miss Bess de Knowe Park au bras, dans
sa belle robe rouge — M. More (il ne s'attendait
guère à ce qui devait s'ensuivre) courut, jubilant,
chez le pasteur officiel. Arrivé la veille de voyage,
M. Walker, qui d'ordinaire savait tout, ne savait
rien.

— Bess! — cria-t-il au premier mot, battant des
mains : — Bess! David Tait avec Bess; voilà une
nouvelle! En voilà une! Et bonne, et que Dieu les
bénisse!

Et M. Walker se mit à rire, mais là, si fort, que le
maître d'école ne songea plus à lui apprendre de
quelle vénérable charge il allait être revêtu!

— Votre oncle, reprit M. Walker, est un modèle
d'homme, M. More! Un véritable homme! Un
homme *sterling!* Mon meilleur ami! (tout le monde
était le *meilleur ami* de M. Walker). Quant à Bess,
point de terme pour exprimer ce qu'est Bess! La
plus honnête, la plus dévouée, la plus entendue servante de Blinkbonny! Mieux que cela : Bess est....
Bess Barrie! cela dit tout. Maison, laiterie, potager.

étable, basse-cour, verger, trouvez-en une qui les gouverne comme elle! Votre oncle a du bonheur, M. More! — Puis, bondissant hors de sa chaise, détachant le violon suspendu à la paroi, saisissant l'archet : — Vous allez me croire un peu fou, M. More, mais il faut que j'exprime ma joie à ma façon!

Sur quoi M. Walker, arpentant le parloir, se mit à jouer — personne ne les exécutait comme lui — le plus gai de nos vieux airs écossais.

Le lendemain, M. Walker courait féliciter Bess; il s'offrit d'enthousiasme — hélas, pauvre maître d'école! — à convoyer Bess dans la chapelle. Refuser pareil honneur, Bess (elle avait toujours eu du faible pour l'agricole pasteur) n'y songea pas même un instant. Et c'est ainsi que le jour des noces, on vit M. Walker, rayonnant dans sa carrure, conduire Bess, vêtue de la belle robe rouge, jusqu'au pied de la chaire, et la remettre avec une dignité toute patriarcale, à l'heureux fermier, *son meilleur ami.*

La bénédiction donnée, M. Barrie s'approcha le premier, c'était son droit, de l'épousée :

— Mistress Tait! dit-il, lui pressant la main : Que toutes les gratuités du Seigneur vous accompagnent!

Bess, qui jusqu'alors avait tenu les yeux fixés en terre, adressa un regard suppliant au pasteur :

— Monsieur Barrie, appelez-moi Bess!

Mrs. Barrie s'avançait à son tour :

— Mistress Tait.... — commençait-elle.

— Non! Ma'am! Non. Pas de mistress Tait! S'il vous plaît!

Survint M. Walker :

— Mistress Tait, permettez....

— Votre Honneur, Votre Honneur! — s'écria Bess, près d'éclater en larmes : Ne me *mistressez* pas.... je ne puis supporter cela! Bess, *Bess*, aujourd'hui, demain, toujours!

— Toujours? fit l'*ancien* Taylor en souriant : Vous ne direz pas *toujours* cela, mistr..... mam'selle Bess!

Une collation attendait les époux à Knowe Park. Il y eut presque autant d'allocutions que de gâteaux.... ce qui n'est pas peu dire.

M. Walker fit défiler dans la sienne, fruits, légumes, poules et coqs; sans oublier les *Daisy*, blanches, noires, tachetées, qui s'étaient succédées au ratelier et dans le cœur de Bess. Il eut pour récompense un monumental quartier de pudding; après quoi, Bess, méconnaissant sa nouvelle dignité, rassembla bravement tasses et assiettes, les emporta dans la cuisine et s'apprêtait à les laver, manches retroussées, quand survint Mrs. Barrie :

— Bess! lui dit celle-ci : Les jeunes gens des environs se préparent à vous accompagner chez vous, d'une façon quelque peu tapageuse; cela ne plairait, j'imagine, ni à vous, ni à M. Tait. Eclipsez-vous, partez de suite, prenez les devants, vous cheminerez sans escorte et sans bruit!

Le conseil était bon. Nos époux s'esquivèrent, non toutefois, sans que Lewis se fût donné le plaisir de leur lancer, de toute la vigueur de son bras, le vieux soulier traditionnel.

Mrs. Brunton, sœur de David Tait, leur ménageait, aidée de quelques voisines, une splendide réception à Blackbrae. Elle dressait les tables. La porte s'ouvre; Bess et David se présentent, bras dessus bras dessous, battant seuls!

— Pas possible! Osez-vous! — crie de toute l'énergie de ses poumons l'indignée Mrs. Brunton, à qui les voisines faisaient chorus : — A-t-on l'idée! SEULS! Et vous, Bess! entrer dans la ferme, sans qu'on vous casse le gâteau sur la tête! Et si vous croyez que je vais le rompre comme ça, sans personne, ni filles ni garçons, pour ramasser les miettes! Allez dans le jardin! Promenez-vous, jusqu'à ce que les autres arrivent! Je vous appellerai, vous entrerez avec eux, pas une minute avant! — Puis se tournant vers les voisines : — Au jour d'aujourd'hui, grommela-t-elle, on ne respecte plus rien sous le ciel.... ni dessus!

Nos époux eurent beau protester, force leur fut de s'aller promener — ils ne s'en plaignirent pas — et de subir gâteau, cérémonies, festin, jusqu'au grand soir.

Les jeunes gens de Blinkbonny, cependant, avaient pris ce bon tour par le mauvais bout.

Ils ne voulaient que faire honneur aux mariés, exprimer leurs souhaits à la façon du temps jadis; et voilà qu'arrivés dans Knowe Park, ils trouvent le nid désert, les oiseaux envolés!

Une violation du droit coutumier, presque une félonie! s'écriaient nos gars. Les plus hardis proposèrent de pousser à Blackbrae, pour y venger leur affront sur la personne même de David Tait. Munis d'un filet, tous s'acheminent vers la ferme. *Pêcher David*, il ne s'agissait de rien moins!

La *pêche au jeune marié* — elle avait sous la rudesse je ne sais quel parfum de chevalerie, je ne sais quelle grâce naïve — s'est effacée de nos mœurs. Guetté dès l'aube, le lendemain des noces; enveloppé, sitôt qu'il paraissait, du réseau de mailles solides; le jeune marié ne s'en voyait délivré, que si l'épousée portant sa rançon — une vaste cruche de wisky — venait lui donner, au travers du filet, le baiser libérateur.

Plus tard, au lieu d'encager l'époux dans cette prison de chanvre, on y plaçait ou un jeune garçon, ou quelque lourd caillou; on chargeait le tout sur le dos du marié; et quand il avait parcouru sous le faix, certaine distance fixée par les *pêcheurs*, tous buvaient à sa santé.

Notre ami Dan Corbett, dont l'œil unique en valait dix et dont l'oreille était fine, attrapant au passage quelques mots du complot, détacha son terrible Burke, s'arma d'un fléau, prit par les champs, gouverna sur Blackbrae; arrivé là, s'assit à côté du portail, devant la grande cour, fléau sur l'épaule, chaîne de Burke autour du poignet, et se mit à fumer sa pipe.

Nos gars cependant, babillant en sourdine, étouffant maints éclats de rire, accouraient de leur côté. Parvenus vis-à-vis du porche : tous pétrifiés!

Dan, bouledogue, fléau! jamais tête de méduse, patrouille de *policemen*, charge de cavalerie ne produisit plus soudain effet.

Pipe entre les dents (Burke grondait comme un lointain tonnerre) :

— Jolie soirée pour se promener! fit Corbett, l'air tranquille : Voyons, voyons, Burke, ne les mange pas, mon garçon!

Des gars, les uns avaient levé le talon, les autres restaient candis, immobiles, plus pâles que la mort :

— Allons, Burke! regarde-les, mon fils! Les reconnais-tu pas? Les prendre pour des bandits? Tu n'as pas mis tes besicles, mon vieux! Nos amis, ceux de Blackbrae, nigaud! qui viennent souhaiter bonheur à M. Tait. Là, là, Burke, je te croyais plus de flair!

Nos drôles, rassurés à l'endroit des crocs de Burke; reprenant courage, partant audace :

— Depuis quand avez-vous tourné calotte? fit l'un d'eux : Policeman, Dan Corbett? Venir gâter la fête!

— Gâter la fête? — rien d'innocent comme la figure de Dan Corbett : — Moi, gâter la fête! Et

quand festoyerait-on, dites, si ce n'est aux noces?
Fêtez, riez, chantez, divertissez-vous, jeunes gens!...
sans forfaire à la politesse! — ajouta-t-il, làchant un
tantinet la chaîne de Burke.

Nos gars avaient reculé. Dan se leva, s'étira, traça
du fléau — qu'il maniait de main de maître — quelques
fioritures en l'air, tandis que David Tait, attiré par
le bruit, franchissait le seuil de la ferme : — La maîtresse! la maîtresse! crièrent quelques voix.

Alors Bess, port de reine, sortit, les bras chargés
du plateau sur lequel posait la cruche sacramen-
telle :

— Messieurs! fit-elle d'un ton digne : Qui veut,
suivant l'antique usage, boire le premier à notre
honneur?

Nul ne bougea; quelques-uns ricanaient.

Dan Corbett avait fait deux pas en avant :

— Qui veut tenir mon chien? dit-il : Tandis que
je porte la santé des époux?

Pas de réponse : *tenir* Burke ne tentait personne.

Dan promena sur eux tous un regard..... ceux
qui le rencontraient, ce sombre regard de l'œil unique, ceux-là ne l'oubliaient plus! — Saisissant la
coupe que lui présentait Bess : — Longue vie, long
bonheur à vous, mistress Tait! à vous, David! —
s'écria-t-il. Puis, se tournant, l'air d'un prince : —
A vous autres maintenant, et trois Hourrahs! — il
assura la chaîne de Burke dans son poignet : — Trois
Hourrahs pour les époux!

— Oh — Oh — HO — HO ! — le *cheer* [1] jaillit des robustes poitrines.

Burke aboyant en forcené, applaudissait à sa façon, lorsqu'une voix aiguë : — Trois *cheers* pour LARGE BEC !

— Qui a dit cela ? — le visage de Corbett se couvrit d'une pâleur sinistre : — Qui a dit cela ? — il s'efforçait de saisir son fléau, posé contre le mur, pendant que Burke, tirant sur sa chaîne, l'entraînait vers les gars.

— Dan Corbett ! — murmura Bess, lui touchant légèrement le bras.

Il se retira brusquement :

— Arrière, Bess ! Au nom du ciel, arrière ! Ne me touchez pas, ou je ne réponds plus de Burke ! — Puis, faisant face à la cohorte : — Qui a dit cela ?

Mais, porche, cour, tout était vide. Plus personne ! La double rangée des dents de Burke avait balayé les mauvais plaisants.

L'entrée des nouveaux mariés à l'Église, lorsqu'ils s'y présentent le dimanche qui suit les noces, fait d'ordinaire évènement dans nos paroisses.

Il faut une certaine énergie, pour affronter le feu croisé des regards, la mitraille des propos. Aussi Bess, à qui les exhibitions et cérémonies plaisaient de moins en moins, prenant les devants avec son

1. Acclamations d'honneur.

mari, se trouvait-elle installée dans un des bancs
de la chapelle, modestement vêtue, le second volume de sa belle Bible de mariage bien enveloppée
d'un mouchoir blanc sur les genoux; son bouquet de réséda, lavande et jasmin à côté, quand
arrivèrent l'un après l'autre, les fidèles et les
curieux.

Ce jour-là, nos époux dînaient à Knowe Park.

— Bess! dit Mrs. Barrie : Déposez votre châle dans
la chambre à donner; reposez-vous-y un instant;
puis, venez nous rejoindre au parloir!... Vous en
savez le chemin, Bess.

— Au parloir! Ma'am! La chambre à donner?
Non, oh non, Ma'am. Ne me traitez pas en étrangère! Avec votre permission, Ma'am, je vais droit à
ma vieille chambre... si Jenny autorise... — ajouta
Bess, non sans une nuance de mélancolie, se souve-
nant tout à coup que Jenny, sa remplaçante, régnait maintenant, comme elle naguère, sur la cuisine, l'étable, le potager!

Mais Blackbrae! quel royaume! Et Bess en était
la souveraine absolue.

On s'en aperçut aux vitres claires, aux murs
blanchis, aux dalles couvertes d'un sable fin, aux
meubles dont le chêne reluisait; à la laiterie où la
crème s'épaississait dans les baquets, neufs à force
d'être frottés.

La cour y passa comme le reste : plus de mau-
vaises herbes, de vieilles planches, de vieille fer-

raille, de vieux outils, de mares stagnantes, d'engrais pestilentiels !

Le potager s'était entouré d'une palissade, quelques bancs s'adossaient à la ferme. Et David Tait, de son air posé : — On est heureux ici ! — faisait-il, lorsqu'il venait, le travail achevé, s'y reposer le soir.

Il n'était pas le seul à s'y trouver bien.

Passer une après-midi chez Bess, errer dans le jardin, s'arrêter avec Mrs. Tait devant les carreaux de laitues, cheminer sous les berceaux de haricots, recevoir de ses mains une belle gerbe d'œillets rouges, s'asseoir devant les mets exquis et simples dont elle avait gardé le secret, cela faisait une fête toujours nouvelle, et pour les habitants de Knowe Park, et pour les anciens amis.

Que de fois le Dᵣ Stevenson ne vint-il pas, harassé de ses tournées médicales, demander à Mrs. David Tait une tasse de thé, où le *brin de cendres*, tombait toujours à point.

Bonté, charité, *judiciaire*, Bess n'avait rien laissé perdre en route. Tout se retrouvait à Blackbrae, comme tout s'était épanoui à Knowe Park.

XIII

CONCLUSION

Catalogue vivant des biens et meubles de la famille du pasteur, Bess, quand vint le déménage ment, passa deux ou trois jours à Knowe Park, afin d'y opérer l'emballage.

Miss Maud écoutait, tantôt le rire aux lèvres, tantôt une larme suspendue à la paupière, les commentaires de Mrs Tait, à mesure qu'elle tirait les objets de leur cachette :

— Ça ! — dit Bess, déployant avec respect un tissu dont la primitive blancheur avait pris une teinte légèrement ambrée : — Ça ! c'est la robe de noces à Ma'am ! Si vous l'aviez vue !... — Maud sourit : — C'est vrai ! pas possible... puisque ! Enfin, c'est sa robe de noces. Et belle, fraîche comme une églantine ; plus jolie encore que vous, miss Maud, paraissait-elle dedans !

La robe, longtemps contemplée, secouée, étalée, reployée avec des mains tremblantes et renfermée sous le couvercle du carton ; Maud saisit une énorme machine, vaste rouleau que ses dix doigts ne parvenaient pas à contenir.

— Ça ! fit Bess, c'est le parapluie de Monsieur, avant son mariage avec Ma'am.

— Le pa... ra... pluie de ?...

Miss Maud considérait d'un regard presque effrayé ce pommeau reluisant, sorte de crâne, d'où sortait un bec de grue ; ces plis épais et lourds ; cette cotonnade bleue ; ces raides baleines, inflexibles comme le fer :

— Le parapluie de !... reprit-elle : Mais on en ferait trois, avec cet instrument !

— Et bon qu'il était. Comprends pas que M. Barrie l'ait laissé là. *Instrument !* Celui-ci au moins, Miss Maud, abritait plus que le bout du nez.

— Mon père, emmanché de ce monstre ! — Miss Maud, *monstre* sous le bras, traversa gravement la chambre.

— Allez, allez, gaussez-vous tant qu'il vous plaira, jeunesse ! Le *monstre* ne laissait pas percer l'eau ! le *monstre* ne se retournait pas au premier coup de vent ! le *monstre* valait mieux que vos babioles d'aujourd'hui, avec leurs aiguilles à tricoter pour baleines, leur pelure d'oignon tendue par-dessus ! Et savez-vous que le Dr Guthrie, un soir d'averse, fut tout content de se réfugier sous le *mien*, pareil à celui que vous tenez, Miss Maud! — « Ma brave femme, qu'il me dit : votre parapluie pourrait servir de tente à prédication! » — Maud ouvrait de grands yeux : — Mais vous ne savez plus, vous, jeunesse! poursuivit Bess, le regard presque sévère : Vous ne savez plus ce que c'était, ces tentes, ces assemblées, ces prédications! J'en ai vu, moi qui vous parle, je ne sais combien, sur les communaux de Dumbarton. Et les pasteurs, une fois, prêchèrent librement, comme leur disait le cœur, de dix heures du matin à neuf heures du soir.

Il y avait, dans la chambre de Mrs. Barrie, une petite commode que recouvrait un châle.

La veille du départ, Mrs. Barrie s'en approcha, regarda Bess; celle-ci fit un signe de tête; Mrs. Barrie déposa une boîte sur le parquet, regarda Bess encore une fois, et se retira.

Bess alors, s'agenouillant devant la petite commode, en ouvrit les tiroirs. Que contenaient-ils?

Ce qu'ils contenaient? un chapeau de bébé, un collier de perles bleues, un panier de coquillages, un chariot rouge, une paire de mignonnes pantoufles à demi usées, un microscopique exemplaire des hymnes de Watt sur papier rose, quelques fragments de porcelaine dorée : les *sous d'or* de Nelly, comme elle les appelait.

— Nul autre que moi ne vous touchera! — murmurait Bess, tandis que relique après relique, en-

veloppée de ouate, prenait place dans le coffret.
Une fois ficelé : — Nul autre que moi ne vous
emportera! — Puis, se relevant : — Agneau de
Bess, dit-elle, tu n'as plus de déménagements à
faire, toi! Arrivée. Près de Jésus..... ce qui est beaucoup meilleur!

Au matin du départ, Dan Corbett, fouet en main,
proprement vêtu, faisait un bout de causette avec
Rosie, belle jument noire, étoile au front, qui tirait
le premier char de bagages. Bess allait y monter,
conduite par son mari, afin de recevoir malles et
gens à Edimbourg.

— Oui, Rosie, mon bijou! s'écriait Corbett, passionné des chevaux presque autant que des chiens :
— Oui ma vaillante! Rudes montées, casse-cous,
ruban de queue. En veux-tu, en voilà! Je t'en
préviens, ma Rosie. Je ne te prends pas en traître.
Mais qu'est-ce que ça te fait! dis-moi un peu? Est-
ce que je n'entends pas sonner ton sabot sur les
cailloux? est-ce que je n'en vois pas jaillir les étin-
celles? Est-ce que tu as jamais soufflé aux coups
de collier, est-ce que l'écume a jamais blanchi ta
robe? Ressembles-tu à ces misérables rosses, qu'une
tirée met sur le flanc?

— Tenez-moi ça! — dit en ce moment Bess,
escaladant l'empilée de colis au sommet desquels
branlait, plus ou moins, le matelas qui allait lui
servir de trône : — Tenez-moi ça! — ça, c'était le

précieux coffret aux reliques : — Les affiquets de
Nelly ! — ajouta-t-elle, prenant la boîte sur ses
genoux : — Et savez-vous, Dan Corbett; à mesure
que je les arrangeais, votre rêve me revenait à
l'esprit. Cette belle chambre, là-haut, qu'*elle* vous
a montrée, Dan Corbett ! Point de désordre, point
de confusion, tout à sa place, tout si joyeux ! Faut
faire notre possible pour y aller, Dan Corbett,
quand l'heure sonnera !

— Vaut la peine d'essayer. — balbutia Dan.

David Tait arrivait à son tour : — Merci, M. Corbett ! — fit-il, prenant les rênes, (il avait mis ses
chevaux au service du pasteur) : — Hue ! — Rosie
partit grand trot.

Seconde charrette, sous la conduite de *Sandy
Ramage,* maître valet à Brakbrae. Une fois chargée,
Corbett, profitant de quelque répit, entama l'entretien avec *Charley*, le gros bai fortement membré
qui hennissait dans le brancard.

Les idées de Corbett avaient pris un autre tour :

— Bien sûr, Charley ! — dit-il, les civilités pré-
liminaires échangées : — Bien sûr qu'elle a raison,
mam'selle Bess ! Faut tâcher d'entrer dans la belle
chambre ! Mais vois-tu, Charley, des individus tarés
comme moi !... Pour quant à pérorer comme font
certains.... je m'entends.... qui vont bavardant de
ce qui est *dessus*, de ce qui est *dessous*, qu'on dirait
qu'ils en viennent ! pas de ça, Charley, pas de ça !
La religion, Charley, ça doit se parler dans les

Eglises. Ou bien dans un meeting. Ça va dans la
bouche du pasteur! M. Walker, voilà un ministre,
Charley! qu'on comprend ce qu'il dit! Et qu'il vous
ramonne! *Brrr!* C'est égal, une bonne ramonnée,
ça fait du bien. Mais que des gens comme toi et moi,
Charley, viennent me prédicanter; que des tas de
vieilles pies comme cette Miss Park, avec son nez
maigre et ses yeux pointus, viennent me demander :
« Si je suis converti? » Ça vois-tu, NON! N'a-t-elle
pas eu le front de me dire, à moi, l'autre jour : qu'un
honnête homme ne devait pas (elle montrait Burke)
garder cette effroyable brute? Effroyable! je voudrais bien savoir qui des deux, elle avec sa peau
tannée de crocodile, lui avec son poil ras et ses
oreilles droites, est le plus laid des deux? Depuis
que j'ai vu la belle chambre, là-haut; Burke n'est
retourné, ni aux coqs, ni aux chiens : pas battu,
pas une fois! Et si tu la voyais, Sa Sainteté Park,
quand je laboure son brimborion de jardin! Un
air, un ton! elle ne me toucherait pas du bout de
son parasol! Ça me fait toujours penser aux docteurs de Greenock, lorsqu'ils venaient examiner les
malades sur notre bord : — « A l'hôpital! Emportez-moi cet homme! » qu'ils disaient, sans tant
seulement lui tâter le pouls. Des saints comme
ça, Charley, ça vous ôterait l'envie.... — la fin
du discours se perdit sous un hennissement de
Charley.

Le chargement était achevé. Mrs. Barrie appela Corbett.

— Réglons nos comptes, M. Corbett, dit-elle.

— Régler nos comptes !

— Un instant. Il ne s'agit pas de vous payer,.... en argent.... M. Corbett.

— Me payer ! s'écria Dan, laissant tomber son fouet : Me payer.... de l'argent.... moi ! Je n'oserais plus regarder Burke, madame, si j'acceptais un liard. Brave Burke, il ne me laisserait pas rentrer chez nous !

— Aussi, ne craignez rien, Dan Corbett. J'accepte cordialement vos services : les services d'un ami de la famille. Permettez-moi seulement de vous offrir, en souvenir, cette gravure.... que vous aimez M. Corbett : *Le murmure de l'ange.*

Appuyé au mur, le cadre ne laissait voir que son dos revêtu de papier brun. Mrs. Barrie le prit, le retourna, et le tendit à Corbett. S'essuyant les yeux, avec la manche de son habit d'abord, puis avec son bonnet de laine ensuite, Dan ne parvenait pas à parler : — Mon cœur sautait comme une truite au bout de l'hameçon ! dit-il plus tard à Bess : — Tellement étouffé que ni merci, ni Dieu vous bénisse, ne pouvaient me sortir du gosier !

— Oh mistress Barrie ! s'écria-t-il enfin : Vous prendre ça ! Ce qu'il y a de plus beau dans votre maison ! Mettre ça dans ma cahute !

Une larme descendait lentement sur sa joue.

— C'est pour vous empêcher de nous oublier, Dan Corbett.

— Vous oublier!....

— Et quand vous passerez à Edimbourg, M. Corbett, ne manquez pas de venir nous voir.

Dan suivait Mrs. Barrie du regard. Lorsqu'elle eut disparu :

— *Moi*, les aller voir, *eux!* — il fit un rire muet : En voilà une!... à mettre toute la police en l'air!

— Je mange une croûte et je pars! — criait en cet instant Sandy Ramage.

Corbett, qui devait l'escorter jusqu'au sommet de certaine côte, se hâta de transporter *Le murmure de l'ange* dans sa *cahute*, comme il disait, ayant soin d'envelopper sa main d'un bout de toile, afin de ne pas ternir le cadre doré. Arrivé chez lui, posant avec mille précautions l'image sur sa couchette, il poussa tout contre, en manière de barricade, les deux seules chaises qu'il possédât, tourna deux fois la clef dans la serrure, mit un cadenas, verrouilla tout ce qui pouvait se verrouiller, et rattrapa grand train la procession des bagages.

Volontiers, il l'aurait convoyée jusque dans Edimbourg. Mais s'y présenter, en plein midi; lui, si souvent traqué! Il revint sur ses pas. Quelque chose d'ailleurs, l'attirait chez lui : cet ange, dont le profil lui semblait illuminer sa pauvre chambre. Comme il marchait seul, un break passa; des mouchoirs s'agi-

tèrent; des voix, les unes graves, les autres juvéni-
les et gaies lui lancèrent : — Au revoir, Dan Cor-
bet, au revoir! — C'était la famille, qui s'éloignait
pour toujours. Une dernière bénédiction jaillit de
ces lèvres, d'où sortait jadis.... pas précisément cela.

M. Walker attendait Corbett au seuil de la *cahute*.
Sitôt Dan l'eut-il aperçu :

— Venez Monsieur! Venez voir!

Ses doigts tremblants avaient peine à introduire
la clef dans la serrure. Plus doucement qu'une mère
ne soulève son enfant, il prit le cadre, le tint debout, et sans parler, montra l'ange, grandes ailes
déployées, incliné sur un berceau. La contempla-
tion dura quelques instants.

— Je ne sais — dit enfin M. Walker, tirant un
volume de son enveloppe — je ne sais si, après cela,
vous voudrez de mon livre?

C'était *le Voyage du chrétien* [1]. M. Walker l'ouvrit. Les gravures : foire aux vanités, caverne du
désespoir, murs de la Jérusalem glorieuse saisirent
Corbett. Le commentaire du pasteur, incisif et
court, vivifiait chaque scène :

— Ça bat les sermons! — s'écria Dan (expression
favorite de l'ex-boxeur, on s'en souvient) : — Rien
que de voir ça, on se sent tout... comme si l'on
voulait écraser *le vieux*... vous savez!

L'heure a sonné des adieux.

---

1. *Piligrim Progress*. Bunyan.

Nous ne te verrons plus, Dan Corbett. Si tu n'es pas encore chrétien, tu marches sur « le chemin qu monte. »

L'autre jour, quand un gamin te criait, par derrière : LARGE BEC! ne t'es-tu pas contenté de répondre (tu avais pourtant un fameux gourdin au poing) : — Bonheur pour toi, que ce ne soit pas du temps que je t'aurais assommé sur le coup!

Nous ne te reverrons plus, Bess de Blinkbonny!

Tu es entrée dans Edimbourg, aussi dédaigneuse de son étendue que de ses monuments. As-tu regardé le Château? J'en doute. Quant au fourmillement humain, tu as haussé les épaules, juste comme à la foire; et vite, la main à l'œuvre, les caisses déballées, tout en ordre.

Mais laissons-la parler une dernière fois, notre Bess.

Manches retroussées, jupon relevé :

— Les cheminées sont-elles ramonées? — fait-elle à Jenny, ébaubie devant elle.

— Oui Ma'am Tait.

— Comme il faut? — Bess accroupie, enfile sa tête dans le canal.

— Du haut en bas, Ma'am Tait! Meubles, plancher, cuisine, parloir, aussi propres... qu'une épingle battant neuve!

— Hum! Hum! — Bess, debout, hume l'air, à la façon de l'ogre qui sent la chair fraîche :

— Epingle battant neuve? — reprend-elle, après une inspection sommaire. — Propre! propre! Ça ressemble plutôt, m'est avis, à la propreté du *picto* [1] dont se sert Dan Corbett, pour *fourgonner* sa pipe!

Jenny rougissait.

— Bon! Vous avez fait selon votre savoir. On n'apprend pas tout en un jour. Ça viendra, ça viendra.

Mrs. Barrie, quelque instance qu'elle y mît, ne put décider Bess à passer le dimanche dans Edimbourg.

— Le dimanche, à Edimbourg! Non Ma'am, avec votre permission. Entendre prêcher ici, M. Barrie! M'asseoir à côté des gens qui nous l'ont pris! Ça, Ma'am!... — Bess se détourna.

Quand elle vit la famille bien installée, pas avant; Bess, songeant à ses propres affaires, s'en fut, de compagnie avec David — et son bon sens, qui ne la quittait guère — exécuter divers achats que requérait Blackbrae.

L'israélite le plus retord ne l'aurait, ni dupée, ni persuadée de jeter un regard sur les objets dont elle n'avait pas besoin, ni séduite par une de ces *occasions*, qui enrichissent l'expérience et vident la bourse.

— Attrape-nigauds! murmurait Bess : Toute chose vaut ce qu'elle coûte. Marchandise donnée, argent perdu.

1. Grosse épingle.

Il s'agissait de meubler deux ou trois pièces, destinées à recevoir M., Mrs Barrie et les enfants — Bess disait toujours *les enfants* — durant quelques jours d'Eté. Pour eux, rien d'assez beau, rien d'assez bon! On chargea donc sur la voiture de retour, faïences fleuries, larges fauteuils, chaises légères, cretonne aux gaies couleurs, carcel, chaptal, que sais-je encore? Un claquement de fouet, un signe de la main, et nos amis reprirent, non sans quelque tristesse, la route de Blinkbonny.

Vous étonnerai-je, si je vous dis que toute cette prose avait sa poésie, qu'un hymne semblait monter des champs, alors que David Tait y mettait la faucille, alors que les moissonneuses y promenaient le râteau?

Et la voyez-vous, notre fermière, tôt levée, accorte; allant, venant, semant sur ses pas les vieilles *berceuses* de la Nursery : celles qu'elle chantait à Nelly!

Tout prospérait dans la ferme. On y entendait rarement gronder ; en revanche, on y entendait souvent rire..... même David Tait.

Les *Daisy* — il y en avait douze au râtelier, poil reluisant, robes diversement nuancées — poussaient en sourdine des bramées de bien-être. Les poules, amours de Bess, proclamaient d'une voix plus triomphante qu'ailleurs, la ponte de leurs œufs. Les malheureux et les pauvres — tous connaissaient le chemin de Blackbrae — revenaient sacoches pleines, cœur soulagé.

Et quand une jeune fille postulait quelque place dans quelque bonne maison du voisinage, ces mots :

— J'ai servi dix-huit mois chez Mrs. Bess, Ma'am ! Il n'en fallait pas plus. Les arrhes, d'elles-mêmes, venaient tomber dans sa main.

Lecteur, si vous passez à Edimbourg — et si vous cherchez bien — une modeste pierre, dans un humble champ de repos, vous dira qu'après avoir vingt ans servi le Seigneur, annoncé la vérité, vécu l'Evangile ; le *pasteur de Blinkbonny* est allé rejoindre, au pays où l'on ne pleure plus, sa Nelly, sa Mary : tous ceux qui rachetés du Christ, portent en chantant de joie, les gerbes qu'ici-bas ils semèrent en pleurant.

FIN

TABLE DES MATIÈRES

Coulommiers. — Typ. PAUL BRODARD.

GRASSART, LIBRAIRE-ÉDITEUR

2, RUE DE LA PAIX, PARIS

Long (Mme). *Réalités de la vie domestique présentées aux jeunes femmes.* 2 vol. in-12.......... 5 fr.
— *Le génie du cimetière.* Conte fantastique. In-12.......... 3 fr. 50
Pascal (César). *La fiancée du proscrit.* Roman historique. 2 vol. in-12.................. 7 fr.
Bolle (R.). *Une institutrice en Angleterre.* Histoire de trois amies. 2 vol. in-12.................. 7 fr.
— *Pauline.* Histoire pour la jeunesse. In-12.......... 3 fr. 50
Phelps (E. Stuart). *Sans issue.* In-12.......... 3 fr.
Yates (Ed.). *Un témoin muet.* 2 vol. in-12.......... 6 fr.
Ewing (J.-H.). *Un fer à repasser pour un liard,* ou épisodes de la vie d'un fils unique. In-12.......... 3 fr 50
— *Le songe de Melchior,* édité par Mme Gatty. In-12.......... 3 fr.
Rilliet de Constant (Mlle). *Chroniques de la famille Schonberg-Cotta.* 2 v. In-12.......... 6 fr.
— *Grandes ombres sur le sentier de la vie.* In-12.......... 3 fr.
Montgomery (Florence). *Un enfant sans mère.* In-12.......... 3 fr.
— *Nina et Mervyn.* In-12... 3 fr. 50
— *Une vocation.* In-12.... 2 fr. 50
May (E.-J.). *Les heures d'école du jeune Louis.* In-12...... 3 fr. 50
— *Le prieuré de Dashwood, ou Louis Mortimer à l'Université.* In-12.......... 3 fr. 50
— *Saxelford.* In-12...... 3 fr. 50
Witt, née **Guizot** (Mme de). *Perles éparses.* Choix de passages de l'Écriture sainte et de pensées diverses pour tous les jours de l'année. In-24 double couronne. Interfolié. rel. 4 fr.
— *Riches et pauvres.* In-12. 2 fr.
— *Citadins et Campagnards.* In-12. 2 fr.
— *Scènes historiques et religieuses.* — Jer, XVIe, XVIIe et XVIIIe siècles. In-12.......... 3 fr. 50
— *Leçons de la Bible pour les petits.* Lectures des mères. L'Ancien Testament jusqu'au retour de la captivité. In-12.......... 4 fr.
Gaskell (Mme). *Nos femmes et nos filles.* 2 vol. in-12...... 7 fr.
— *Vie de Charlotte Brontë* (Currer Bell). In-12.......... 3 fr. 50

Stretton (miss Hesba). *Le docteur dans l'embarras.* 2 vol. in-12. 6 fr.
— *A travers l'orage.* In-12... 2 fr.
Marryat (Florence). *Amour ou devoir.* 2 vol. in-12.......... 6 fr.
Maurel (Th.). *Excelsior! ou Essais pour aider à la formation du caractère.* In-12.......... 3 fr. 50
Mulock (miss). *John Halifax, gentleman.* 2 vol. in-12.......... 6 fr.
— *Le chef de famille.* 2 vol. in-12.......... 6 fr.
— *Silence.* In-12.......... 3 fr. 50
— *Maîtresse et servante.* In-12. 3 f. 50
— *Le mari d'Agathe.* In-12. 3 fr. 50
— *Un héros.* In-12.......... 2 fr.
— *Une héroïne.* In-12.......... 2 fr.
— *Aide-toi, le Ciel t'aidera.* In-12.......... 2 fr.
Wood (H.). *Les Channing.* 2 vol. in-12.......... 6 fr.
— *Roland Yorke.* 2 vol. in-12. 6 fr.
— *Anne Hereford.* 2 vol. in-12. 6 f.
— *Le labyrinthe.* 2 vol. in-12. 6 fr.
— *Le testament de Georges Canterbury.* 2 vol. In-12.......... 6 fr.
— *La nuit du grand brouillard à Offord.* In-12.......... 3 fr.
Yonge (miss). *L'Héritier de Redclyffe.* 2 vol. in-12.......... 6 fr.
— *Violette.* 2 vol. in-12.......... 6 fr.
— *La chaîne de marguerites.* 2 vol. in-12.......... 6 fr.
— *Le procès.* 2 vol. in-12.... 6 fr.
— *Le collier de perles.* 2 vol. in-12.......... 6 fr.
— *Le lion captif.* 2 vol. in-12. 6 fr.
— *Craintes et espérances.* 2 vol. in-12.......... 6 fr.
— *Trois nouvelles mariées.* 2 vol. in-12.......... 6 fr.
— *Frères et sœurs.* 2 vol. in-12. 6 fr.
— *Inconnue dans l'histoire.* Les prisons de la reine Marie Stuart. In-12.......... 3 fr. 50
— *La pierre de touche, ou Magnum Bonum.* In-12.......... 3 fr. 50
— *Amour et vie.* In-12.... 3 fr. 50
— *Le livre d'or.* In-12.... 3 fr.
— *Le souhait d'Henriette.* In-12.......... 3 fr. 50
— *Les deux tuteurs.* In-12. 3 fr. 50
— *Kenneth ou l'arrière-garde de la grande armée.* In-12..... 3 fr. 50
— *Le petit duc ou Richard sans Peur.* In-12.......... 2 fr. 50

Coulommiers. — Typ. Paul BRODARD et Cie.